우리 오빠는 북파공작원이다.

저자 **여여 이 영**

(如如 李 暎)

이화문화출판사

저자 사진 이 영

큰 오빠 형재, 둘째 오빠 평재, 셋째 오빠 이창재의 어린시절

둘째 오빠 이평재

둘째 오빠 이평재
(당시 나이 17세 의용군으로서 인민군에게 포로로 잡혀 감)

아버지 이강일(李康日)

어머니 권수경(權壽慶)

국가유공자증서

故 이 창 재

1937. 12. 30 생

우리 대한민국의 오늘은 국가유공자의
공헌과 희생위에 이룩된 것이므로 이를
애국정신의 귀감으로서 항구적으로 기리기
위하여 이 증서를 드립니다

2008 년 11월 10일

대통령 이 명

이 증을 국가유공자증부에 기입함 제 10-26827 호

국가보훈처장 김

〈 국가유공자증서 〉

머리말

산다는 것이 억지로 엮어 가기에는 벅찼다. 생을 바쳤다. 사실대로 다 느낄 수 있는 나의 현실, 나의 사정 그러나 넘었다. 고생을 즐거움으로 승화했다.

삶 자체가 가식을 모르기도 안 쓰기도 하지만 내 마음을 그대로 표현하고 사는 게 나의 살아가는 방식이다.

더 높은 뜻을 얻은 마음으로.

외현적으로 보이는 것 보다는 자신이 충만감에 충실히 살아온 힘으로 볼 때, 세상을 항복받은 마음이다. 그 동안의 역경은 참 즐거웠던 것 같은 착각마저 든다.

이유는 내 목숨 세상에 내놓고 생각을 굽히지도 않고 나를 대적하는 상대에게 상대가 되지 않는 한 굳이 상대할 필요를 느끼지도 표현하지도 않았던게 결과를 만드는데 적중했던 것.

필요 이상의 소용돌이에 휘말려 지난 세월 쌓아온 내 자신에게 공들여온 세월이 헛되이 될 것에 대비해 경거망동할 수 없었던 것, 그리고 한을 다 풀어내는데 내 위상을 손상시킴 없이 무언으로 항복시켰다. 아니 받았다. 두려움 거리낌 없이 세상을 휘어 잡았다. 내 어머님 영혼이 안정적 유지를 육신을 보존하시는 한, 정서안정의 일환으로 저 세상으로의 자리잡아 가실 때를 대비하기 위함으로 이런 일련의 행이 내가 이렇게 참아온 세월을 헛되게 할 수 없는 게 나의 소신이라 지난 세월을 참을 수 있었다. 세상을 우롱한 전도시킨 죄는 아마 벗어나기 힘들 것이다.

상대가 누구든 겸허한 자세로 무언으로 살아갈 때 삶의 뜻을 이룰 수 있을 것이다. 자기를 앞세우려고 하는데서 멀어지는 것, 양보하고 이해해가는 자세는 고금천지의 진리인 것이다. 따지고 보면 특별히 잘난 사람이 없다. 내가 잘났다고 주장한다면 옆에 있을 사람이 없게 될 것이다. 어우러져서 살아가는 자세가 자기 일신이 편하고 건강하게 살아가는 방법일 것이다. 상생의 이치를 깨달아 공생공존하는 생이야말로 아름다운 세상이 될 것이다.

목 차

제 **❶** 부

회고록에 대한 사연

가족이라는 책임감으로 인한 근신의 세월.

희생자의 38년에 긴 세월에 대한 무관심은 아닐 것이다. 암울했던 지난 세월에 숙명적 가문의 운명을 염두에 둔 근신의 세월, 가슴 저리고 안타깝고 한시인들 잊을 리 없지마는 정부에서 실시하는 연좌제라는 엄중한 제도 하에서 경거망동하여 오히려 희생자인 우리 오빠 앞을 저해하는 원인 제공이 된다면 면치 못할 죄를 어찌 감당할 것인가.

감당 못 할 가문의 짐덩어리가 되어 철의 장막에 막혀 억장이 꽉 막힐 지경.. 비애어린 흐름이 더 이상 진행되지 않게 무지는 범하지 말아야 된다는 생각으로 어머님은 마음을 움직이지 못한 채였다. 무책임하다고 또는 비정하다고 자신을 탓하며 암울하게 살아온 어머님 마음은 나는 알고도 남음이 있다.

희생자의 마음을 더듬어 볼 때 돌아올 수 없는 사지를 넘어갔던 오빠의 마음을 어찌 짐작하며 그 애환을 감히 알 리가 없지만 쓰라리고 안타깝고 가엾기 짝이 없다. 진퇴양난의 환경에서 도피의 일환으로 그 길이 열렸다는 데에 마음이 아프다. 또한 연좌제가 80년도에 해제됐다는 사실조차 모르고 산 지난 세월이 염치가 없다.

이 참에 오빠에 대한 미안함, 세상보는 눈이 어둡고 우매하게 살아온데 대한 늦어진 책임이 크다함을 밝혀둔다.

다음 생애는 아픈 이별 없기를 간절히 기원하며 애환으로 얽히는 환경이 오지 않기를 바라는 마음이다. 다행히 어머님이 100세를 유지해 주셨고, 간절한 마음 찾아야겠다는 일념 하에 당신을 지켜내는 데 온갖 성의를 갖고 강인한 의지 하나로 버텨내 주셨다.

93세에 아들을 찾기 시작해서 99세에 매듭짓고 어머님 앞으로 이창재 유공자증도 받고 나라에서 나오는 연금도 받았으며 다소 남은 슬픔이 흩어져 오빠의 애환도 기쁨으로 승화회향된 것은 가문의 영광이다.

2011. 11. 25일에 100세를 일기로 마무리, 원만하게 사신 어머님의 근신, 수양의 덕으로 본다.

깨끗이 세상을 마무리 지으신 데 대해 모든 것에 감사하는 마음뿐이다. 부연해서 내가 살아있는 동안 할 일, 하고픈 일은 정열을 다 바쳐 행할 것이라고 나는 다짐한다.

혹여 어려움이 따를지라도 후한없이 살아갈 것이다. 이것이 나의 소신이고 각오다.

대한민국 국방부에 제출한 진정서

우리 오빠 이창재는 1967년 정미년 집에서 나간 뒤 소식이 끊겼다. 두 달 뒤 어떤 사람이 신원조회를 왔다.

어머님께서 그 사람 이름이며, 어느 기관에서 왔냐고 확인하자 중앙청 옆 모 기관 본부에서 왔다고 한다.

그날 이후 서울 보문사에 어머님이 오셨다.

"너밖에 없다. 가자"

하신다.

"가? 어딜?"

"왜 나밖에 없어."

의외다. 그날 이후 둘째 딸 나와 함께 모 기관 본부를 찾아가 본부내 구내다방에서 관계자를(책임자) 만나 이창재를 면회시켜 주시오 하니 면회는 안 되고 잘 있다고만 하면서 염려마시고 그냥 가기를 종용한다. 어머님은 꼭 만나야겠다면 관계자는 그것은 안 되고 잘 있다고 염려 말라고만 연발하면서 그냥 가야 된다고 극구 모녀를 달랜다. 하는 수 없이 실의에 차 돌아왔다.

어머님은 어찌 된 영문인지 모르지만 자식에 소식이 잘 있다고 그러나 면회는 안된다는 말이 이유가 뭐냐? 오늘에까지 화두다. 소식을 들을까 이제나 저제나 한 세월이 38년째 돌아왔다. 모 기관 본부라는 정부기관이 뭘하는 곳이냐 할 때 정답은 뻔한 것 아니겠는가 할 때 책임은 피해갈 수 없을 것이요 국가를 위해 개인을 희생시키고 우리 가정을 쑥대밭으로 만들어 놓고 일언반구 말이 없으니 당사자는 말이 없으니 한많은 세월이 가도록 그들은 구천을 헤매고 있을 것이 뻔하다. 희생당한 영혼이 부모형제에 대한 한 많은 심정을 단절된 세월속에 어찌 한시인들 안타까움을 떨쳐버릴 수 있었겠는가.

백골이라도 좋으니 이창재의 한이 풀려야 될 것이니 그를 낳은 나의 노모는 93세가 되어 목숨이 현사와 같아 간들간들 겨우 부지하고 살면서 창재만을 애타게 만날 것을 염원하면서 죽지도 못하는 애절한 생애를 지탱할 뿐이다.

노모의 간절한 마음과 단절된 희생자 창재의 부모형제의 연결이 이루어져야 구천에서 헤매는 신세는 면할 것 아니겠는가. 만나 보는 것은 이미 포기한 상태고 생사확인만이라도 해주기 바라며 신속한 시일 내에 연락주기 바란다. 이렇게 제출(국방부)해 놓고 전화로는 어머님과 통화가 불편해 귀가 어두워 긴 얘기를 다 못하는 관계로 대전에 내려갔다.

"창재 오빠를 찾으려고 국방부에 진정서 넣었어, 엄니. 이 주일이면 알 수가 있대. 오빠 소식을 백방으로 알아 보았는데 정통 길을 놔두고 딴 곳으로 찾은 게 늦게 알게 된 거야. 모 기관 본부에서 신원조회 왔을 때 엄니가 그 사람 신원 확인했고, 그 답 나와 함께 그 곳을 찾아간 것이 근거자료로 확보가 돼 충분히 가능해. 국가를 걸어 확인시키라고 하면 피해갈 수가 없어. 엄니가 똑똑하게 대처했기 때문에 지금도 가능해. 오빠도 한이 풀리고 아버지도 엄니도 한이 조금이라도 풀리지. 첫째, 창재오빠가 한이 많아. 꼭 찾아야 해. 엄니 기도해. 오빠 소식 듣고 백골이라도 찾아야 해. 내가 다 하고 있으니까 그리 알아. 일부러 대전 온 거야. 소식 알려주려고."

暎이가 2003.3.18일에 진정서 제출해 놓고 엄니한테 쓴 글.

유족회에 제출한 경위서

1967년 정미년 이창재는 당시 군 제대후 막연히 익힌 기술 없이 어미를 돕고 있었다.

영민하고 자상한 성격에 하나 남은 아들로서 가족에게 보탬이 컸다. 배운 기술 없으니 되는대로 일하며 최선의 삶을 이어가고 있는 중 7월에 다녀온다고 집을 나간 뒤 소식이 끊겼다.

구차한 살림이나 자식들끼리 오순도순 서로 의논하고 의지했는데 느닷없이 9월에 정부 모 기관에서 사람이 신원조회를 왔다.

나(권수경, 母)는 그 사람 인적사항을 낱낱이 물어 기록. 그 후 바로 둘째 딸 暎이와 함께 모 기관을 찾아 이창재를 면회시켜 주시오 하니 면회는 안 되고 잘 있다고만 연발한다. 그리고 믿으라고 한다. 그런데 면회는 앞으로도 오지 말라고 당부를 강조한다. 신원조회를 왔기 때문에 의문스러웠다.

내 자식이 죽을 죄를 지었나? 아니면 무얼까? 잘있다? 면회오지 말라? 어미로써 잘못 실수하면 자식에 대한 폐해가 될까 염려에서 근신하는 차원에서 참아온 세월이 38년 우리집은 꼴이 말이 아니다.

청계산 충혼탑에 故 李昌宰라 명명돼 있으니 내 자식인지 최우선으로 확인해주고 93세 나이로 한명이 눈앞에 있고 피골만 남은 상태에서 자식을 더 이상 함정에 머물게 할 수 없는 게 지금 어미의 심정이다. 죽어도 눈을 감을 수 없고 일각이 여삼추로 38년을 우매하게 살았다.

어미와 자식의 만남이 조속히 이루어져야 할 것이고 그래야 희생당한 자식의 영혼이 편히 쉬게 될 것인 즉, 책임회피 하려는 행동은 꿈에서도 용납하지 못할 일이다.

새파란 청춘으로 세상에 태어난 꿈을 이루어 보지 못한 채 故 이창재라니. 이런 원통할 데가 있나. 창재가 살아 있다면 손자까지 보아 문호가 번창했을 텐데. 그 영화를 이뤄보지 못한 통한이 가슴을 울리고 불귀의 신이 되어버린 지금 땅을 치며 통곡해도 돌려 놓을 수 없는 현실이 되고 말았으니 이럴수가 있을까.

38년의 자식에 대한 회한으로 가슴이 피멍이 들고 더이상 흘릴 눈물조차 말라버렸다. 하나 남은 아들한테 일언반구 통보도 없이 이럴수는 없다.

더불어 우리 가정은 씨가 말랐으니 존재할 의미조차 상실한 채 어디에도 호소할 수 없는 과거 분위기(연좌제 제도)속에서 견디기 힘든 세월과 형언할 수 없는 통한을 국가는 어떻게 보상할 것인가. 이 세상에 자식보다 더 귀한 것은 없는데 내 자식을 잃었다니 억장이 무너진다.

내 자식을 돌려줘라. 나 죽기 전에 일각이 급하다. 故 이창재 확인통보를 하고 정신적 고통과 현실적 고통을 보상하라. 아무리 보상해도 우리 가정의 뼈에 사무치는 고통을 회복시키기는 불가능할 것

이니 국가는 이에 대해 어떻게 보상할 것인가. 응답하라. 그렇게 되
어야만이 희생자에 대한 영혼을 달래주는 유일한 과정임을 국가는
필히 알아야 할 것인 즉, 죽은 자식의 명예회복 또한 어미가 처리해
야 영혼이 다소 한을 풀게 될 것이다.

조속히 확인하여 故 이창재 처리 통보 바란다.

역사는 말한다 Ⅰ

역사는 말한다. 덫에 걸려 수차 고생을 수차(2년여).

우리 어머님은 오빠가 증발한 이후 그에 대한 말이 없다. 아버지가 남긴 큰 업보가 그것이다.

와세다 대학을 유학 후 좌익에 발목을 잡혀 그렇게 크나큰 대가를 치르고 결과적으로 옥사하신 게 가문의 업보로 기를 펴지 못하고 살아간다. 24시간 중앙정보부 요원이 엄니를 추적한다.

경제적으로도 넉넉하며 인품좋은 아버지 품에서 철저히 보호를 받고 집안에서 부러워 하지 않는 이가 없이 그렇게 귀하게 살아오신 엄니다.

아버지가 옥사하신 이후 빨갱이라는 의심을 받는 분위기 속에서 아무리 근신하고 살아가도 식구들 주변을 국정원 요원들이 늘 추적하는 시절로, 게다가 아버지의 보호만 받던 엄니는 아들 형제가 의용군으로 나가 소식이 끊기고 셋째 오빠 이창재 남은 아들 하나와 그 밑의 딸 넷을 홀로 길렀다.

삯바느질로 갖은 고생하며 숨죽여 사는 동안, 14살이었던 주인공 이창재 오빠는 세월이 흘러 서른 살 가까이 군에 입대하여 직업군인이 되어 백마부대로 월남까지 다녀왔다. 그 오빠가 증발된 것이다.

어머니가 날 찾아왔다. "가자 너 밖에 없다" 나는 속으로 옆에 딸이 셋이나 잘 통하고 산다 생각했는데 나 밖에 없다는 말에 놀랐다. 표현을 좀체로 하지 않는 분이 너 밖에 없다는 말 여기에 오빠가 겪고 있는 크나큰 애환이 있기로 끌끌하고 자상하고 성실한 오빠가 이기심에 찬 여동생의 핍박에 몸살을 앓는 시절이라 아무리 엄니가 말려도 타고난 천성이 그렇게 되면 상대야 크나큰 고역이 되더라도 자기만 만족하면 된다에 초점이 맞춰져 있는 인품이라 중간에서 어머님이 다스릴 수 있는 분위기가 아니었다.

엄니는 당신이 생산한 딸이니 구제불능이고 오빠를 안간힘을 쓰며 위상을 지켜주려 해도 힘이 미치질 못했던 것 같다.

동생들과 엄니를 위해 미군 부대에서 하우스 보이로 오랜 기간 취직해 집안을 도왔다. 오빠가 군 제대 후 엄니랑 살면서 여동생과의 시름을 겪는 동안 난 국졸 이후 절로 가서 입산하여 전념하고 사느라 엄니 오빠의 애환을 알 리가 없다.

부모고 형제고 자기만 좋으면 나머지 가족은 희생에 희생을 해도 무관한 형제가 있다는 것이 첫째 불행한 일이었다.

그 분위기를 겪고 살아가며 견뎌야 했을 오빠 처지가 처절했던 그런 내막을 전혀 알 리가 없다.

어머님은 하나 남은 아들 감싸주기는 커녕 그 딸의 몰인정한 행위를 범하는 말하자면 남의 아픔은 아랑곳 없이 그런 분위기였다. 그 후 창재 오빠 주인공이 증발한 후 두 달만에 신원조회를 모 기관 본부에서 온 것이다. 그런데 그 당시 연좌제 제도를 실시했기 때문에 그 누구도 말을 함부로 할 수 없는 때였다.

모 기관에 엄니랑 둘째 딸 영이가 신원조회 나온 선생을 찾아 만나 면회시켜 달라 하니 당혹스러운 표정이다. 그런데 면회는 절대 안되고 잘 있으니 염려 말라고 모녀를 달래며 다시는 면회오지 말라는 당부가 대단하다. 연좌제도 그렇거니 모든 것이 모 기관이라도 기관이 그러하기 때문에 의심은 하면서도 짐작이 갔었다. 아버지가 좌익으로 인한 옥사까지 대가를 치른 엄청난 사건의 가문인데 박정희 대통령이 좌익 가정을 빌미로 오빠를 정치에 국가에 이용하고 희생시킨 대목으로 감은 잡았다. 그 후 정확히 통보받은 바 없지만 엄니를 이십사 시간 추적을 해온 것.

이 추적을 끊었다. 내 생각에는 정치적 상계로 오빠를 이용한 것으로 여겨왔다.

더이상 추적을 하지 않으니 엄니가 편안해졌다. 우리 가족은 좌익 가정이기로 또 세상 돌아가는 이치도 알려고도 하지 않고 삶에 엎어져 허둥지둥 살아간다. 딸 넷이 성장해서 살아도 연좌제가 80년대에 해제된 것도 모르고 기가 죽어 살아가는데 어느 날 TV에서 실미도 사건을 주제로 '그것이 알고싶다' 프로를 진행하는 것을 보게 되었다.

박정희 유신(10월)정치 하던 그해 가을에 실미도 훈련 군인들이 버스 두 대를 훈련받다 탈주해 서울인지 인천인지 휘젓고 다닌 사건이 벌어졌을 때 열심히 하면 꽁보리밥 안 먹고 잘 살수 있게 해준다더니 가둬놓고 강훈련만 시킨다는 불만을 토로 활주하고 다닌 사건으로 대단했다. 그 때 난 주인공인 이창재 오빠가 그 곳 실미도에서 훈련받고 있지 않나 해서 매일 신문을 보았었다. 그래서 실미도에 마음이 각인이 되어 있었다. 그 후 연좌제 제도 해제라는 것도 알지 못한 채 좌익 가정에 마음이 발목잡혀 죽은 듯이 살아가는데 2003년 이산가족 찾기를 하는데 형제들한테 전화가 왔다. 이북에 큰 오빠, 둘째 오빠가 살아있다 하며 준비는 이렇게 하라고 한다. 어머님이 그 때 93세(1912년생)인데 53년 만에 의용군으로 6.25 직전에 증발한 형제가 이북에 살아있는 거다.

그런데 엄니가 아침이면 전화를 하신다. 내가 받을 때까지 하신다. 아침 전화에도 오빠 이야기를 안 했는데 싶어 얼른 전화해서 형재, 평재 오빠 살아있다며 말하니 엄니 금방 "살아있데?" 하신다. 전화벨이 울린다. "그래, 지금 인재한테 전화 왔어." 하며 엄니 전화를 끊는다. 인재가 왜 엄마한테 오빠 얘기를 했냐며 나무란다. 까무러친다고 하며 나를 책한다. 까무러쳐도 영광이지 한시라도 어서 빨리 알아야지 일각이 여삼추로 53년을 살았는데(그때 엄니 93세) 뭣이 어째하고 호통을 친다. 그 말에 인재 셋째 딸이 움츠리고 말을 잇지 못한다. 괘씸한 것 같으니… 형제들도 소용없다. 어머니와 아들의 만남인데! 일각을 아쉬워하며 지내온 세월이다. 온건한 정신 상태를 갖지 못한 딸 하나가 장난치는 것이 눈에 아른댄다.

그 훌륭한 남편이 옥사당하고 국가적 대가를 치렀으니 죄가 될 것은 없다, 그보다 더 큰 희생은 없을 것이다. 우리 집안 통틀어 영광의 세월 지낸 가문이 몇이나 있겠나 생각할 때 우리 부모님의 지난세월 6.25 당시 큰 오빠 스무 살, 둘째 열일곱 되던 해, 6.25 직전에 타고 다니던 자전거를 친구에게 보내며 의용군으로 잡혀갔다는 소식을 들은 게 마지막 두 오빠의 소식이었다.

6.25 터지던 날 돈암동에서 한강으로 가자 이미 한강대교는 끊겨 나룻배로 피난길을 떠나니 엄니, 열네 살 오늘의 주인공 오빠, 네 여동생, 막내가 다섯 살, 큰 오빠가 스무살이었다. 이렇게 되기까지의 지난 영광의 세월, 뛰어난 아버지의 인품과 인간 관계로 그 무엇과도 비교 안 될 만큼, 아쉬운 것 없이 그 어느 가정에서도 보지 못한 부모님의 지극했던 사랑을 받아 온 우리 오빠들은 지난 세월을 잊지 못하고 그 영광을 되씹으면서 훌륭한 우리 부모님을 추억할 것이다.

그런데 보잘것없는 딸들 넷 중 하나가 비정한 형색으로 셋째 오빠를 핍박하여 증발하게 만든 그 시절을 망각할 수 없는 슬픈 사연들.

53년만에 의용군으로 하나는 스무살, 하나는 열일곱살, 두 형제가 북한에 살아 있다는 말인데 엄니가 바로 알아야 할 기쁜 소식을 덮어놓고 까무러칠까봐 갈 때 그냥 모시고 갈 생각을 했다니 이런 비정할 데가 있나. 하늘도 울고 땅도 울 일이다.

이북에 가는데 둘째 딸 나를 빼고 그 자리에 강필이 삼촌을 끼워 데려갈 계획인데 두 달 전에 생존 소식을 들었는데 엉뚱한 생각에 빠져 나를 떼어놓고 가려는 게 어쩔 수 없이 이틀 남기고 나에게 오빠 두 형제 이북에 살아있다는 전화다.

집안이 망하려면 망한 자식이 있는 것이 원죄이다. 평생 남을 위해 물 한 그릇 대접 못하고 살아가는 그 딸이 분위기를 일그러뜨리며 살아도 상대방이 표현 안 하면 형제에게 대접받는 줄 아는 상태로이다.

여동생들을 제 인간 됨됨이로 안하무인식의 처세는 세상을 마감할 때까지 하고 갈 것이다. 비탄지심이 한이 없다.

우리 엄니 93세에 53년 만에 북한에 가 오빠를 보고 한이 조금이나마 해소되어 둘째 오빠가 교수(이평재) 큰 오빠 큰 아들이 교수이고 둘째 오빠 아들이 치과의사이고 딸은 기자였다. 마침 어머님이 장수하셔서 행운이다. 훌륭한 부모 밑에 아들들이 승승장구하면서 집안을 빛내고 살아가고 있다.

오빠 엄니 딸들 모인 그 자리에서 오늘의 주인공 창재오빠 얘기를 한다. "오빠! 창재 오빠 여기 왔지?"하며 묻는다.

둘째 오빠가 "왠 그런 소리를 하냐"며 소리를 지르자 그 옆에 있던 첫째 딸 덩달아서 "넌 왜 그런 소리를 하냐"며 동조를 한다.

일대일로 나와 맞상대 하면 오빠 하는대로 나를 향해 표현 못 했을 것이다. 평소 날 상대하길 무서워 하거든. 둘째 오빠 힘에 편승, 제 표현을 가까스로 한 것이다.

그에 맞서 53년만에 만난 오빠인데 창재오빠 얘길 왜 못하냐며 소리친다. 그러니까 둘째 오빠는 속으로 영이 대단한데 했겠지.

창재오빠는 가정에서 희생시켰고 국가에서도 희생당했다.

주인공 창재 오빠를 생각하면 마음이 부끄럽고 미안하고 숨고 싶은 마음에 저린 마음이 날 슬프게 한다.

TV에서 '그것이 알고싶다' 프로에서 실미도 생활의 제반상황이 설명이 되고 있는데 주인공 창재 오빠 생각에 사로잡혀 기어이 주인공 오빠를 찾을 결심으로 방송국을 뒤집고 수소문하여 정진영 피디를 찾았다.

실미도 희생자 중 일원일 것 같다며 주인공 오빠를 찾는 사연을 얘기하자 유족 사무실 전화를 알려준다. 알려준 번호로 전화하여 찾아간 곳이 유족 사무실이다. 사무실 직원이 세 명 있는데 어찌 쌩한 분위기에 진지한 맛이 없고 낮이 반반한 젊은 남자가 컴컴한 이미지에 눈동자도 똑바로 대하지 않고 하는 말 한 마디가 진정성이 없어 보인다.

그리고 서류를 구비해 가지고 오란다. 아무리 오빠를 찾는 게 중요하지만 술덤벙물덤벙 덤빌 일이 아니다. 다시 정진영 피디와 통화하여 유족 사무실 측의 태도가 개운치 않아 그러니 다방면으로 알려달라 하여 실미도 유족회 번호를 알아내 그 유족회 임원에게 묻는다. 백방으로 알아보는 중인데 입회금 30만원에 요구하는 돈이 너무 많더라 하니 그러지 말고 단독으로 행사하라고 한다. 그래서 알려준 대로 그 날로 진정서를 쓰고 곧바로 국방부 민원실에 제출하였다. 민원실 측에서는 읽어보더니 알았다며 일주일 뒤에 연락을 하겠다고 한다. 그 당시 국방부에서의 답이 모 기관으로 이첩이 돼 국방부에는 서류가 없다 한다. 그러면서 왜 38년이 되도록 찾지 않았느냐고 반문해 온다.

시대상황이 그렇고 연좌제에 걸려 꼼짝을 안 한 것이다. 일년 반 이상을 유족회도 열심히 참석했고 이리저리 알아만 보다가 모 기관에 있는 유족회 임원 송여사가 퇴임하면서 나를 도울 생각으로 6명 서류를 제출하고 퇴임하겠다 하여 그로 인해 석 달만에 우리 오빠 이창재 서류가 나왔다.

유족회에서 효창공원 복지관을 빌려 회원 200여명 모인데서 이창재 오빠의 서류가 확인되었다고 발표하자 기뻐서 박수를 보내고들

했다. 그런데 그냥 집으로 가지 말고 이영 씨는 사무실로 오라는 거다. 오늘 이창재 서류가 확인된 것은 자기가 피로해서 잘못 발표된 것이라며 어이없는 소리를 한다. 임원이 보상지원단도 회장도 믿고 있지 말고 직접 뛰라고 한 적도 있었다. 그 때부터 분위기가 꼬이는 것을 자꾸 느꼈다. 이후 보상지원단에서 유족회장을 만났는데 하는 말이며 행동으로 보면 유족이 우스운가 싶다. 오지 말라는데 왜 지원단에 자꾸 나오냐는 말, 난 유족회는 전체적 일이고 내가 오빠를 찾는 일인데 내가 나선다는 뜻을 표현하니 그렇게 회장 말을 안 듣고 자꾸 지원단에 오면 내 일에 손 떼겠다며 호통치고 회유한다.

40년 이상 애환을 끌어안고 살아온 유족들을 가볍게 취급하는 행동이 역력해 보였다. 그럼 단도직입적으로 묻겠다.

"지금까지 우리 일 처리 하지 않았지?" 물으니 "그렇다" 한다.

"그럼 앞으로도 처리 않겠단 말인가? 대답하라." 하니 "않겠다." 한다. 화가 극도로 났다. 보상지원단 과장이 대하는 태도를 끝까지 보았다. 회장이 밖으로 나갔다.

그 때 그 과장이 하는 말이 바로 모 기관으로 찾아가 처리하세요. 모 기관 약도 좀 가르쳐 주라는 말에 알려줘서 택시타고 모 기관으로 직접 갔다.

이 때 모 기관 전신이 모 기관인 것을 비로소 알게 된다. 우매하기 짝이 없다.

담당직원을 찾으니 부하직원과 담당관이 나온다. 한 시간 반 정도나 기다렸기 때문에 호통을 쳤다. 남의 귀한 자식을 희생시켜 놓고 40년이 넘도록 일언반구 소식 한 번 없더니 이토록 오래 기다리게 만든다고 호통을 치니 날 달랜다. 사람이 외현으로 퍽 겸손하게 느껴졌다.

담당관이 한다는 말이 주인공 이창재 서류를 포함해 6명 서류가 전부로 알고 있는데, 또 무슨 20명 서류가 있다며 그 서류 함께 처리하라 해서 몇 달 묵힌 거라고 한다. 내가 노발대발 청와대에 탄원서를 내겠다고 하니 극구 만류한다.

자기 일이 아니니 급할 게 없는 그들... 결연한 마음으로 집안의 자존심을 지켜내고 한명(限命)을 눈앞에 둔 老母를 생각해 견뎌내야지. 내 능력은 약하다. 백세에 가까운 생애를 누리면서 애타는 자식에 대한 향념은 그 누구도 알아줄 수 없는 자식에의 아픔이다.

날만 새면 바로 국방부에 가야지? 간절한 마음 하나가 엄니를 지탱해준 힘이다. 4년만에 재판할 수 있는 기본 서류를 마련해 줘서 보훈처에 제출하니 보상은 없다고 한다. 서류를 확인시켜준 것으로 모 기관의 의무는 다한 것으로 본다.

보훈처에서 보상받을 법이 없으니 재판이 답이다. 변호사도 아는 이 없고 114에 물어 변호사를 내가 선택하였다. 변호사가 재판 과정에서 주인공 오빠의 호적이 정리가 안 되어 있으니 사망신고를 해야 재판을 할 수 있다며 전사통지를 발급해 달라고 하라며 전화가 왔다. 재판은 이대로 더 진행할 수 없다. 모 기관 담당관에게 전사통지 발급을 요청하자 쾌히 승낙한다. 일주일 안으로 받아주겠다 한다. 내 요청을 퍽이나 흔쾌히 받아들인다. 재판 중단될 때 꿈에 아버지를 보았다. 여덟 살에 돌아가신 아버지다. 당시 마흔 하나이셨는데 밝은 표정으로 88체육관 안에 아버지가 나와 단둘이 있는데 출구가 없어 고민한다. 아버지 말씀이 사다리를 가지고 오라고 하겠다며 전화(핸드폰)를 한다.

꿈이 너무 신기했다. 6 · 25 사변이 난 지 60년, 한 번도 보지 못했던 아버지와 부녀가 밝은 표정으로 진지하게 의논을 한다. 꿈을 깨고 났는데 상징적 꿈이다. 오빠 이창재 찾는 일에 나홀로 애쓰는 것을 아버지의 영혼이 느끼고 감지해 주신 데 대해 환희용약하는 마음이고 깜깜한 밤중 속에서 영혼이 접선이 되어 적극 협력해 주신 확연한 영험이었다.

조상신이 그렇듯이 감응하시고 도와주시고 항시 전대전손으로 다 보아주시지만 선령들의 얼굴을 알지 못하는 바니 상시적으로 옆에 함께 한다는 것을 실증으로 보았다. 내가 매사에 진정성을 갖고 임하는 데에는 이러한 이치를 깨달았다는 지금의 자신이 다행스럽고 흐뭇한 일이 아닐 수 없다.

오빠 이창재 찾기 시작하면서 대전형무소 정치범 학살 장소가 대전동구 남월동 골령골 골령터널 직전 좌측 붉은 황토밭이 제주 사삼 사건 희생자 억울하게 좌익으로 몰려서 여순반란 사건 등 육이오 직전에 사살된 영혼이 묻힌 장소이다.

김대중 전 대통령이 되면서 골령골이 금지구역으로 60년 가까이 통금지역인데 해제하고 터널까지 뚫어 어머님 모시고 세 차례 위령제를 올리고 총 열 번 3일 기도도 하고 마지막으로 흙을 떠와 내 집 뒤 산끝자락에 부었다. 아버지를 모셔온 뜻으로 그 후 안가겠다는 뜻이었는데 역시 자식인지라 아버지 육신이 묻힌 슬픈 얘기들 기도할라 치면 뜨거운 눈물이 얼굴을 적신다.

오빠 찾을 때 전면에 나서지말라고 했던 이종 오빠도

"난 내 오빠 일이야. 전면에 우전면에 나서도 우리 선령께서 위안이 되면 최고의 락으로" 마음깊이 느낄 것이다.

우리 어머님의 애환이 락으로 항시 즐겁도록 기원할 것이며 큰 오빠 둘째 오빠는 53년만에 만나고 주인공 이창재 오빠는 총 45년만에 마무리 짓는 것을 보여드렸으니 천추의 한이 눈 녹듯 다 풀려서 초년에 고생을 많이 했지만 결말이 잘 끝나 가문의 영광을 만들었고, 좌익 가정이 유공자 가정으로 거듭나 어머님은 생전에 국가에서 준 연금을 40개월 수령하시기도 했다.

어머어마한 슬픔, 아픔, 고생 마치 그런 일이 없었던 것으로 착각마저 든다.

이유는 내 목숨 세상에 내놓고 형제들과의 관계, 아니 상대가 되지 않는 한 굳이 상대할 필요를 느끼지도 표현하지도 않았던 게 결과를 만드는데 적중했던 것, 필요 이상의 소용돌이에 휘말려 지난 세월 쌓아온 내 자신에게 공들여 온 세월이 헛되이 될 것에 대비해 경거망동할 수 없었던, 그리고 형제들에 무례하거나 한을 풀어내는데 제 위상을 손상시킴 없이 무언으로 저들을 항복시켰다. 두려움, 거리낌 없이 세상을 휘어잡았다.

어머님 영혼의 안정적 유지를 위하여 육신을 보존하는 한 내가 모시기로 그렇게 했다.

역사는 말한다 Ⅱ

한국전쟁 65년, 환갑이 지난 수 년.

비전향 장기수. 그 숫자가 몇천인 백인지는 미지수다. 확실한 것은 육이오 전쟁 후에 잡힌 장기수로 추정한다.

한국전쟁 발발 직전에 정치범을 모두 학살시켰다. 지금은 개방됐지만 통행금지 구역으로 60년 가까이 사람들이 근접을 하지 못한 곳으로 김대중 대통령이 취임하면서 그 곳을 개방하기로 해 옆에 길이 뚫리고 바로 위에 터널에 생겨 산내에서 옥천까지 갈 수 있는 길이 생겼다.

학살장소 입구에는 커다란 간판에 "여기는 대전형무소 정치범 학살장소입니다."라고 쓰여져 있다.

여기에는 삼천여명이 묻힌 자리이다. 빨간 황토로 아무것도 없다. 밋밋한 밭모양새다.

여순반란 사건과 제주사삼 사건에서 억울하게 끌려와 감옥에 있다 억울하게 죽어간 사람들도 많은 것으로 추정된다. 비석이 조그맣게 세워져 있는데 순수 민간인의 유족들이 억울하게 죽어간 그들의 권리회복을 위해 정부에 호소한 글귀를 새겨 세워놓았다.

그 곳이 개방된 이후 어머님을 모시고 학살된 장소라고 일러 드리고 기도드리고 오기를 십 여 차례, 그 곳을 그렇게 다녀왔다.

내가 여덟살 때 전쟁을 겪고 성장해서 동기간들이 모두 성장하고 자리잡아 사는 동안 환경이 점차로 좋아지면서 우리가 조금 여유가 생겼을 때 형제들이 미전향 장기수의 면회를 했나본데 사식도 넣어주고 돈도 좀 넣어주며 좋은 일을 했던 사연을 이산가족 찾기 만남에서 듣게 되었다.

미전향 장기수 중 김○○라는 분이 북으로 가서 김일성의 아들 김정일에게 아무개 딸들이 찾아와 좋은 일을 했고, 그들은 지금 한국에서 아주 잘 살고 있다 얘기를 했다고 해서 이북에 이산가족 만남에서 찾게 된 동기를, 그래서 어머님이 죽지 않고 살아계신 걸 알아 이산가족 찾는 데에 신청을 했다는 얘기를 들은 바 있다.

그래서 김○○라는 미전향 장기수는 북에서 잘 지내고 있는데 오빠들과 그의 가족이 왕래하는 얘기를 듣고 너무 놀랐고 신기했다.

그 집안에서 한 사람이 죄를 지으면 집안이 전멸하듯 우리가 살아온 경험도 그런 큰 경험은 없을 것이다.

60여년 한을 껴안고 살아온 우리 가문으로선 통감하지 않을 수 없다. 우리 어머님은 항시 말이 없다. 정신이 한많은 고통속에 겪어온 그 아픔은 누구와도 나눌 수 없는 그런 큰 아픔의 세월로 말까지 없게 된 우리 어머님 자식들과 같이 겪은 고통이나 어머님의 고통에 비하면 비할 수 없을 만큼이다.

그런데 집안에서 한 사람이 福을 지으면 그 복이 發福된다는 것, 因者에 커다란 감응이 없인 복이 열리지 않을 것이다. 좌익으로 몰려 죽은 아버지로 인한 패망은 누구하고도 비교가 안 될 만큼 컸다.

육이오에 남편이 옥사하고 자식 큰 것 둘은 의용군으로 나가 소식이 끊겼고, 오매불망 죽지 않고 살아오기만 기도하는 우리 어머님 처절한 기원은 아마도 하늘에 닿아도 진정으로 하늘에서도 감응이 있었으리라고 믿는 마음이다. 잠도 잊고 먹는 것도 잊고 삶이 사는 것이 아닌 죽음보다 더 처절한 모진 운명 속에 연약한 여인의 힘으로 크나 큰 태풍을 견뎌내기란 그렇게 힘든 세월이 영생을 두고 아픈 상처에 통증을 잊을리 만무하다.

그로 인한 이산가족 찾기에서 어머님 93세에 53년만에 드디어 당시 큰 아들 20세, 둘째 아들 17세, 열흘 간격으로 의용군으로 끌려간 두 아들의 소식을 들었다.

둘째 아들이 자전거를 타고 온 친구에 의해 의용군으로 끌려간 열흘 후 큰 아들이 역시 같은 모양새로 친구에 의해 자전거를 갖고와 의용군으로 붙잡혀 갔다는 소식에 어머니는 그만 주저앉고 말았다.

당시 아버지 역시 몇 달 전에 대전형무소에서 새벽에 까만 세단 커다란 차가 새벽에 들아닥쳐 수갑을 뒤로 채우고 어머님이 곧 떠나실 아버지의 식사를 돕는 모습으로 그렇게 헤어진 게 우리의 운명이었다.

나머지 식구는 열네살 셋째(오늘에 주인공인) 이창재 오빠가 그 밑으로 열살 딸 해서 네 딸이 전부다. 무너진 가문의 형편, 무인지경이라니. 형언하지 못 할 엄청난 비애였다. 그 슬픈 마음에 저리고 저린 가슴을 껴안고 앞이 없는 생을 꾸려갈 때 우리는 어려서 고생을 하지만 어머님이 겪는 그 고통은 살아갈 무거운 짐에 억눌려 지나간 세월을 잠시 생각해도 비애가 솟구쳐 오른다.

난 세상이 싫다는 생각에 빠졌고 우리 어머니 아버지처럼 되기 싫었고 세상에 좋은 것이 없었다. 한 마디로 엎어져 기면서 살아왔다고 말하고 싶다. 차갑고 추운 세상에 인정도 느끼지 못하도록 세상은 냉담했다.

과거에 황금송아지 안 가져본 사람 있나 그런 얘기를 들을 때, 한 마디로 이슬과 같이 허무하기 짝이 없고 마음에 부러운 것도, 좋은 것도 없었다.

그 억센 세상에서 어린 자식을 끌어안고 겪는 아픔. 어머님은 묵묵히 말이 없으셨다. 태어나면서부터 외할머님의 특별한 교육을 받고 엄격하리만큼 큰 딸을 세상에 둘도 없는 딸로 독선생 모셔놓고 신구학을 고루 섭렵해 교육시키실 정도의 안목있는 외할머님의 인품이 어머님 같은 딸을 잘 키워낸 덕으로 그 무서운 생애를 그나마 감내하셨다고 생각되며, 보지 못했던 어머님의 유아기, 성장기까지 보지 못했어도 본 듯 할 정도로 그렇게 훌륭한 교육을 받은 드문 인품이시다.

미전향 장기수의 면회에서 공덕을 쌓아온 것이 因者가 되어 發福을 함으로 해서 53년만에 93세 어머님의 한많은 세월에 한을 풀어내는 데에 어머님의 한 뿐이리요. 조상님들의 가문의 한을 풀어내는 데 그보다 큰 영광은 없을 것이다.

어머님 이름이 수경(壽慶)이시다. 이름과 같이 건강하게 백수를 누리며 일 세기를 지내는 동안 안 겪어 본 일이 없을만큼 대단한 수양자이시다.

어머님의 생애는 누구에게도 모범이 되고 존경받을 법한 그러한 생애였다. 백 세를 마지막으로 11월 25일 아침 7시에 어머님이 운명하셨다. 그 무서운 지옥생활을 무던히 없어도 있는 듯 굳이 표현하지 않아도 알 수 있건만 점잖게 누려주신 장한 어머님이셨다.

창재오빠도 아마 죽지 않고 북에서 아버지의 후광을 누려가며 잘 살아갈 것으로 생각한다. 현철하고 외향 밝고 정직하고 성실하니 어디에서인들 의식이 충족하게 살 걸로 믿는다.

여기서 짚고 넘어갈 대목이 있다. 북과 남이 정치 이념 다른 걸로 해서 이산의 한을 껴안고 해결이 되지 않는 현 상황이지만. 북에 가서 오빠 만나는 자리에서 창재오빠 여기 왔지? 하니 둘째(평재)오빠가 깜짝 놀라 넌 그게 무슨 소리를 하냐며 나에게 호통친다. 내가 창재오빠를 찾는 일로 2004. 3. 18일에 국방부에 진정서를 넣었다.

북에 갔을 때는 2003년도 이산가족 만남으로 평재오빠를 만났지만 오랜 숙원인 창재오빠 일을 정부에서 북파시킨 거니까 죽었거나 내가 38년만에 찾기 시작한 거다. 38년 동안 죽지 않았으면 북으로 갔다. 정부 요원으로 갔으니 북에서 살았는데도 오빠(평재) 입장에선 살아 있고 같이 있어도 같이 있다라는 말을 대한민국을 염두에 두고는 발설해서는 안 될 막중한 사안이기로 표출 자체가 금기이다. 추정하건대 평재오빠 표정이 펄쩍 뛰며 왜 그런 소릴 하냐고 나를 책할 때 마음으로 어쩐지 창재 오빠가 북에 생존해 있다는 짐작이 간다.

좌익 운동한 죄값을 치른 아버지는 대한민국에 빚이 없다. 큰 오빠 둘째 오빠는 한국전쟁 당시 의용군으로 출군, 포로가 되어 북으로 끌려 갔단다. 그러나 북에서 보면 우리 아버지가 빨갱이가 아닌 영웅으로 여겨질 것 아니겠는가. 짐작컨대 형재, 평재, 창재가 영웅 후손 대우를 받고 잘 살아갈 것으로 짐작이 된다.

큰 오빠(아들 삼형제중 장남)이 교수가 돼 있고, 둘째 오빠(평재, 자식 삼남매중) 큰 아들이 치과의사가 돼 있고, 딸이 기자로 우리 네 자매를 향하여 "네 고모들, 보지 못한 고모들, 할아버지의 영광스런 옛날을 자손들이 모이면 이야기꽃을 피운다면서 할머니 만나볼 수 있도록 잘 모셔달라"는 당부의 말까지 담긴 재미있는 글을 보면서 통찰력 있는 오빠의 자식 사랑이 얼마나 큰 가를 보지 못했어도 본 듯하다.

이로 말미암아 북에 눈치 볼 것 없이 기펴고 살 걸로 짐작이 된다. 아마도 살아있다면 창재 오빠도 아버지의 후광을 입었겠지.

아버지가 벌여놓은 죄값으로 창재오빠가 대한민국에서 증발한 뒤 우리 어머님 뒷조사가 마감이 되었다. 대한민국에서 편히 살도록 우리 오모녀(5母女)를 자유롭게 해방시켜 주었으니 그야말로 훌륭한 오빠다. 북은 교육자 가족으로, 남은 유공자 가족으로, 남과 북으로 이제는 평화로움 밖에는 없다.

가족인 창재오빠에게 모질게 대한 동생들 일이 전생의 일로 망각 되었으면 하는 바람. 그래도 죄책감은 놓아지지 않는 것이 나의 진정한 마음이다. 이후로 어머님 말후에 정서적 안정을 드리고 평화롭고 여한이 없게 매듭을 지으셨으니 나름의 할 일은 다했다.

2013. 2. 21 기록

역사는 말한다 Ⅲ

　주인공 이창재 오빠를 향한 핍박은 감내하기 힘든 그것이었다. 웬만하면 창재가 나가지 않았을텐데. 조금만 챙겨줬어도 떠나지 않았을 텐데. 어머님은 혼자 가끔씩 되뇌이신다.

　어머님의 깊은 마음속에 창재 오빠를 향한 아린 마음이 자리하고 있음을 느낄 수가 있다.

　동기간의 애환은 아랑곳없이 오직 독선적 성향으로 해서 집안 분위기가 냉랭하다. 어디에도 내놓고 얘기할 사연이 못 된다. 참 부끄러운 일이다. 똑부러지는 처신을 못하신 게 못내 걸리신다.

　죄책감이 많으신 이유로 가끔 되뇌이신다. 그건 당신 입장도 자식을 내가 생산한 죄인인 감을 절감하는 거다. 오빠가 겪는 동기간의 애환이 어머님이 겪는 애환이 동일한 데에 아픔이 그것이다.

　집안에 한 자식이 온건치 못한 자식을 두면 죽기 전까지는 탈피 못하는 무서운 사슬로 여겨진다. 그런 분위기가 오빠가 증발하게 된 큰 이유다.

　안 볼 수도 못 볼 수도 없는 인연 사슬 때문에 북으로 가게 된 결심에서 오빠의 마음을 읽을 수 있다.

어머님 역시 말후에 당신 속을 터놓을 수 없는 역겨운 분위기는 내가 강행해서 탈피시켜 모시게 되니 지옥에서 극락으로 누리시게 됐고, 혼자 특별히 시봉해 드리는 사람 없이 큰 집에 홀로 지켜 무서움을 타고 귀도 어둡고 아침에 차려놓은 밥상 저녁까지 열고 닫고 잡숫기만 했으니 가련하고 불쌍했다.

매일 나에게 전화를 해오신다. 남보기에는 있는 자식한테 호강스레 모신다는 보기 좋고 듣기 좋겠으나 실로 어머님 홀로 온종일 갇혀 지옥 같은 생활을 그것도 90이 넘어 백 세 가까운 가끔 큰 자식이 며칠씩 모셔 가나 그 딸들과 갖은 곡경을 치른 얘길 들으면 듣는 내 자신이 분노가 치밀곤 했으나 내 처지가 바쁘던 차에 마지막 곡경이라니. 크나큰 곡경을 치르시고 풀이 죽어 있는 그 모습에 차마 이럴 수는 없다 싶어 대결단을 내려 어머님을 모시고 형제간의 소식을 끊고 어머님 편하게 모시는데 정신을 집결시켜 안심시켜 드릴 궁리만 한 끝에 공들여 모시다 보니 크게 안심이 되신 것을 알게 된다.

어머님 살아생전 안락해야지 그 무서운 생활을 부모자식 관계라 해서 피하지 못할 이유는 없다.

체면이고 자식이고를 떠나 노인이 겪는 고통이 없게 해 드리는 것이 나의 할 일이고 도리이며 일찍이 어머님은 내가 편하고 부지런하고 성실한 것을 믿는 터라 내가 하는대로 따라 주셨다.

90 상수에 수저질도 제대로 못하시고 시봉자도 없이 큰 집에 홀로 계신 어머님을 보면 늘 가슴이 아팠다. 그러던 중 오빠 찾는 일에 자주 찾아 뵈었다. 그로 인해 자연스레 모셔오게 된다. 그 무서운 시련 60년이 넘어 호소할 자식 하나 없다는 게 제일 걸렸다.

한 집안에 비정상인이 있으면 그로 인한 고통은 엄청난 것인데 고쳐지지 않는 비정상으로 온 집안이 모여도 모두들 신경을 곤두세우고 여차하면 다칠까 싶어 근신하는 눈치들이 대단하다. 일파만파 인지라. 더러워서 피하지 무서워서 피하는 것이 아니라는 말과 같이 모두가 손아귀에 넣을 수 있다면 무기처럼 써먹는 한 사람 때문에 온 집안이 정상이 아닌 故라. 여기에 기초한 이창재 오빠는 치명타를 입고 증발, 어머님은 시끄러우니까 생산한 죄인이니까 얼굴을 들고 살 수가 없다고 하시며 조용히 산다라는 명분을 늘 내세우신다. 비정상인이 하나 있으면 그 집안이 다 뒤집힌다. 온통 눈치만 보고 말들이 없다. 시끄러우니까로 명분을 세워 관망 자세로 분위기가 이어진다.

비정상인으로 인해 주위 사람이 겪는 파란은 말로 표현될 수 없다. 그로 인한 피해는 어머님이 낳고 생산한 죄로 죽을 때 즈음 내가 피신시킨 이후로 어머님은 다행히 지옥에서 극락으로 락을 즐기시며, 벗을 수 없는 고통인 줄 알았는데 기상천외한 정신력으로 결국 저승문턱 앞에서 완전 해탈하게 만든 어머님의 분위기는 상품극락이었다.

비정상으로 탈피하지 못한 식구들은 모두가 비정상으로 되어 자기가 잘나서 그렇게 돌아가는 줄 알고 자랑삼아 잘난 표현하는 모습은 나로서는 구제불능으로 판단, 상대를 포기한 상태로 마감했다. 태생부터 비정상으로 태어난 그는 구제불능이었다. 성장과정에서도 꾸준히 한결같이 자기 필요를 중심으로 상대를 이용하는 데에는 상대가 피곤하거나 싫어하거나를 막론하고 잡아뜯어 상처를 내면서까지 소기(所期)의 목적을 달성하는 데에 있어 거침없이 잔인하다. 그것이 태생으로 줄곧 자식 둘을 키울 때도 노력하지 않고 이기적인 모습을 보여주며 나이가 칠십이 넘도록 내가 제일 귀하다는 정말 웃지 못할 착각에 빠져있다. 자기도취에서 빠져 나올 줄 모르고 주변을 모두 호도, 희생시키는 쾌락일로로 칠십 평생을. 그것을 보면서 진리로 판단해 보건대 전생에도 그렇게 철저히 그렇게 살았다고 보여지며 그로 인한 因着가 작용 금생에는 칠십여년을 즐기면서 피해자의 힘으로 자기 의식주를 만들고 사는 것 외에는 달리 판단이 불가하다 싶고 그로 인한 그 몸 버리고 후세에는 더욱더 굳건히 비정상으로 작용할 것이 분명하다. 진리란 그 누구도 변하게 만들 위력을 가진 이는 없을 것으로 안다.

비정상적 분위기가 우리집 전체적 분위기가 되었고, 그 속에서 어머님이 가장 몸살을 앓으셨고 혐오감을 끌어안고 살아왔다. 정직하고 온건한 어머님. 어머님은 늘 한탄에 젖어 있다. 내가 생산한 죄다. 난 항시 멀리 두고만 본다. 얼마나 비정상 분위기인지 고칠 수 없는 그것. 불치의 분위기. 그 분위기 속에 또 하나의 희생자가 세상을 떠났다.

어머님은 숙명으로 알고 한탄지심에 빠져 나오지 못함을 괴로워하셨다. 과감한 내 성격이 그 환경에서 어머님을 구출해내니 후련했다. 할 일 했다 싶고 진정 자식으로서 할 일 했다로 그렇게 다행일 수 없다. 불연이면 무간대지옥에서 기약 없는 한명(限命)을 받아들였을 거라 생각하면 아찔하다. 저 세상으로 고통을 갖고 갈 수도 있었을텐데. 살아 생전에 탈피한 것을 생각하니 절로 쾌재를 외쳤다.

재판과정

　김대중 대통령이 대전 산내면 정치범 학살장소를 개방했다고 발표해 대전 동구 산내면 낭월동 대전 형무소 정치범 학살장소라고 커다랗게 길옆에 입구에 세워놓았다.

　황토밭인 그곳이 금지구역이 개방된 이후 대전에서 택시를 타고 그 곳을 찾아가 위령제를 지내기를 열 번을 했다. 어머님을 모시고 세 번을 다녀왔다. 어머니가 극노인이 되고 보니 애환도 무뎌지고 기력이 쇠약해 우리 인식이가 차를 갖고 와 모시고 현충원이며 다녀오면서 열 번째 흙을 퍼서 갖고 와 뒷산에 뿌려드렸다. 창재오빠 찾고 모 기관에 기본 서류를 찾다 전사통지가 안나오고 정부에서는 심의 과정이 해결이 돼야 전사통지를 받을 수 있다하여 국회에 상정해 놓았는데 통과가 되지 않고 발의할 서류가 산적해 있는데 국회의장 민주당 이해찬이 낙마하고 모 기관 사령관이 교체되고 하는 과정마다 매일 모 기관에 출퇴근 하다시피 하며 고생이 이루 말할 수 없었다. 노무현 대통령께 탄원서를 냈지만 사실 우리 오빠 일은 심의가 필요 없는 사안이었음이 종국에는 판명났다. 그 과정에서 난 보상 받으려고 오빠를 찾은 것이 아니고 우리 오빠가 안쓰럽고 집안의 애환을 생각하면 절대 무관심해질 수가 없었던 마음 아픈 사안이다. 우리 어머니가 극노인인데 혹시라도 잠시 후에라도 숨을 놓으시면 우리 오빠 소식을 듣고 이 세상 떠나셔도 떠나셔야지 이대로는 어머니를 보내드릴 수가 없다. 간절함, 애틋함, 가엾어서 볼 수가 없다. 피골만 남은 어머니 몸 상태며 감각이 떨어져 동작이 어리어리한 엄니 모습에 서러움이 복받친다.

대전에 엄니 보고싶어 가면 귀가 어두워 초인종 소리를 듣지 못해 밖에서 애를 쓴다.

미리 전화로 집에서 몇 시에 도착할 거야 말하고 출발해서 도착하면 만나는데 그 마음이 얼마나 안타까운지 서럽고 어머님 돌아가실까봐 "엄니 나 왔어" 하고 엉엉 운다. 엄니한테 늘 절을 세 번 올리고 "엄니 절 받어" 하면서 노쇠한 엄니를 안고 울기를 여러 번, 그래도 서러움이 북받쳐 자주 찾아갔다. 그런데 창재오빠 일은 진전이 없다. 심의 과정이 남았다는 거다. 이래저래 화가 나서 내가 보상받으려고 오빠 찾는 것이 아니라고 모 기관에 다신 오지 않겠다 선언하고 일 년을 가까이 다신 안 온다 결의에 차 안 갔다. 그러다가 얼마간 지났는가 꿈에서 깬 것처럼 마무리를 해야지 싶어가지고, 재판을 할 수 있는 서류를 모 기관에서 발급해주어 변호사에게 일을 맡겼다.

오빠 일은 형제들이 할 일이 못된다. 처음부터 오빠 출처의 근원부터 아는 바 없고 재판 진행에 대해서도 아는 바 없어서 진행불능으로 끝날 것이 뻔하다. 각각 인감이며 도장 등 구비서류를 변호사한테 제출하는 과정에서 형제라고 다 형제가 아니고 피눈물도 없고 파렴치한 과정을 겪으면서 고난이 말할 수 없이 컸다. 그러나 결국 내가 진행해야 정부도 밀어주고 매끈하게 수월하게 처리될 것이 뻔하니 나한테 일임하게 된다.

한 달쯤 되가는데, 변호사를 교체했다. 오빠가 실종신고도 사망신고도 되어있지 않고 주민등록 상에 표시가 되지않아 재판이 중단되었다. 가정법원에 이창재 실종신고를 낸 후 6개월이 지나도 오빠의 소식이 없으면 가정법원에서 사망신고하라는 허락이 떨어지고 그것을 근거로 사망신고 후에 재판이 진행될 수 있다는 거라고 한다. 그러자 변호사가 모 기관에 가서 모 기관 사령관이 전사통지를 발송해주면 사망신고를 한 후에 재판이 진행 되겠다고 하여 담당에게 전사통지를 발송해 달라니까 그때는 쾌히 승낙하며 며칠 내로 전사통지 발급받아 주겠다 하여 돌아왔다. 그리고 며칠 뒤 전사통지가 우리집으로 왔다. 전사통지를 우리 어머님께 드릴 때 군인 너덧 명이 총대 메고 의전행사라나 예를 갖추고 주는 거라고 한다. 그 말에 다 필요없고 모 기관로 어머님 모시고 와 전사통지 받기로 해 그렇게 받아 용산구청에 전사통지를 제출 사망신고까지 마쳤다. 종국에는 심의과정 없이 전사통지를 발급받았다. 모 기관에서 이창재 포섭 북파 그 후 엄니와 나(영) 둘이 면회차 와서 잘 있다. 오빠 믿고 가라 그것이 심의가 필요할 게 없다. 심의로 해서 2년 이상 진전이 늦어진 셈이다. 우리 엄니 돌아가시면 어쩌나 엄니가 확인하고 오빠 일을 마무리 지어야 우리 이창재 오빠에 대한 엄니의 마음이 오빠 영혼이 위로가 될 게 분명하다. 나는 모 기관에 일 년 동안 나가지 않았고 보상은 필요 없다. 아니꼽고 구구절절 사정하기 싫다는 마음으로 모 기관 볼 일을 일 년 가까이 끊었다. 실로 보상포기을 한 것이다. 담당도 놀랐을 거다. 보상은 필요없고 다시 모 기관 오면 이 영이 아니라는 마음으로 단호히 발길을 끊었다.

사람이면 사람답게 굴자. 그까짓 보상에 목숨거는 쩨쩨하고 보잘 것 없이 살아온 나 같으면 애당초 오빠에게도 무관심 일로로 갔을 것이다.

한 발자욱을 떼어도 가는 듯 싶게 가고 살아온 나다.

대의 정신에 입각해서 본다면 아무리 큰 보상이 기다린다 해도 체면 불구하고 놀리면 놀림 당하고 패면 맞아주는 줏대 없는 나로 착각했다면 다시 보게 될 것이다.

우리 집안에 얼과 자존심을 죽어가면서도 지키는 것이 나의 길이기로 의지를 굽히는 일이 없을 것이다.

큰 소리로 끝나는 그런 말이 아니다. 힘들고 역겨운 일로 역경을 지날 때도 대의 정신을 잃지 않고 극기했고, 자존(自尊)을 유지했고, 집안의 얼을 살릴 것이다.

얼을 지키기 위해서 더 큰 것도 포기할 줄 알아야 한다. 내가 여기까지 온 것은 금전이 중하기도 하지만 그보다 더 중한 것을 포기할 줄도 알았기 때문에 무서운 역경을 넘어섰던 것이다. 값어치가 다른 이는 못 느끼는 고고한 값어치가 정신을 지배하고 있어 구태여 자존심이라고 중언부언 내세울 하등의 필요를 못 느낀다.

어디 감히 금전에 비교할 것인가. 그래서 대단한 자신을 보고 놀랄 때도 있다. 보상에 대한 기준을 구태여 표현한다면 얼마를 받느냐보다는 소신을 관철하는 것이 나의 뜻이다.

돈이 많고 적고는 차치(且置)하고, 오빠의 명예 회복에 어긋남이 없기를 또 어머님의 기류에 부합하기를 바랬다. 없이 살아온 사람치고는 대단한 마음이다. 돈이 얼마든 구애받지 않고 소신있는 용도가 항상 중요시됐다. 있는 이는 아까워 못쓰지만 난 조금이라도 꼭 써야할 것에는 아낌없이 쓰고 살아왔다.

사람은 사람 노릇을 해야 사람인 줄 안다. 좋은 것 먹고 외국 안 간 데 없이 가고 남보기 좋게 입는 게 잘 사는 것이 아니고 사람답고 진지하고 꾸밈없고 인정이 통하면 외롭지 않고 재미나게 꾸려가며 잘 살 것이다. 삶에 이치를 통감하지 못하면 천금을 희롱해도 무슨 보람이 있겠는가. 궁핍할 때도 있고 아주 넉넉할 때도 돌아가며 겪는 이치 아닌가. 있다면 우쭐대고 없으면 고개가 푹 빠져 골격없이 살지말고 참으로 힘을 알고 진실되게 살아야 후세에도 귀감이 될 것이다. 다시는 우매한 인생이 되지 않길 염원 속에 사무쳐 힘차게 살아갈 것만을 다짐할 뿐.

경쟁심에서가 아닌 성장하는 자세로 진화하는 자세로 기원하는 정신의 바닥에 깔려 흔들림 없는.

헛된 생각에 유혹받지 않고 탐욕에 끌려 추잡한 분위기 조성만은 만들지 말아야 한다고 늘 다짐한다.

그것을 우리 엄니가 조절을 잘 하신다. 근신하고 근검절약 하시며 무엇이든 남의 것에 정신을 팔리지 않으신 분이시다.

큰스님 대덕님의 품성이시다. 항시 존경했고, 내가 떠들고 얘기하면 쟤가 어쩜 저렇게 자재로이 평화로이 살까 싶은가 보다.

나 사는 것은 내 마음 깊은 곳에서 터져 나오는 그 마음으로 산다. 어머니는 날 보고 처음 보시는 것 같아 항상 밝게 웃으신다. 저렇게 가진 것 없이도 잘 사는구나. 사실에 근거해 살기 편하다. 어떤 이는 허심탄회하게 솔직히 표현하니 놀랐다고 하는 이도 있다.

내 본연의 자세다. 누구 눈치 볼 일도 없고 재미있게 살았다. 맘껏 살았다.

재판이 일심에서 끝나면 보상이 바로 나오는 줄 알았는데. 국가적 행사이기에 삼심까지 가는 것이 상례라는 걸 나중에 알게 됐다. 재판 끝날 때가 되니까 인재가 전화를 해서 재판에 안 갔냐고 물으며 2008. 11. 20일에 재판인 걸 아냐고 한다. 난 모른다. 변호사가 다 알아하지. 일심 선고날 즈음의 얘기다. 삼형제는 인터넷을 들여다보고 법원에 불을 켜고 다녔다. 나는 무관심으로 일관. 그러기를 삼심에서 완전 끝났다고 통보가 왔다. 우리 어머님은 나 하는 것만 바라보신다.

엄니 재판 끝났어. 2010년 7월이었다. 엄니 93세에 찾기 시작하여 99세에 재판이 끝났다.

경인년, 우리 엄니의 한이 61년 만에 풀렸다. 육이오가 나던 해, 경인년 이후 가시밭길에 마음 몸 찔리는 생애. 끌끌하던 어머님 생애는 어머님의 노력과 근신의 힘으로 꽃피우게 됐다.

2008년 사망신고를 9월 2일에 용산구청에서 했고, 9월부터 연금을 계산해서 2009년 1월에 합산해서 연금이 나온다고 한다. 그러더니 보훈처에서 11월 1일에 석 달치 연금이 나왔다. 어머님은 연금보다 일의 성사를 퍽이나 기뻐하셨다. 이창재의 한을 풀었다. 어머님은 이창재의 효행을 받기 시작했다.

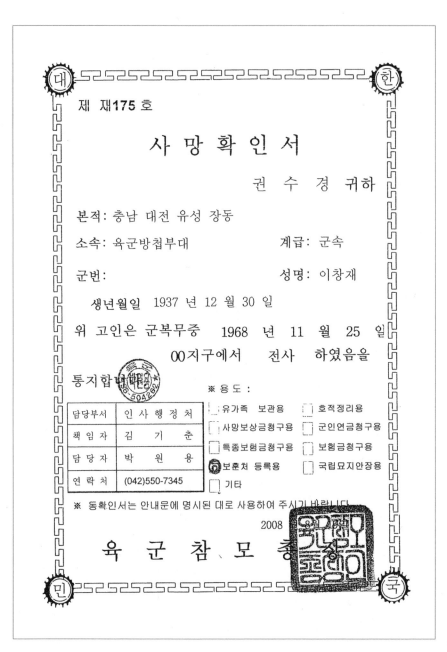

제 재**175** 호

사 망 확 인 서

권 수 경 귀하

본적: 충남 대전 유성 장동

소속: 육군방첩부대   계급: 군속

군번: 성명: 이창재

생년월일 1937 년 12 월 30 일

위 고인은 군복무중 1968 년 11 월 25 일

00지구에서   전사   하였음을

통지합니다.

※ 용도 :

담당부서	인 사 행 정 처
책 임 자	김 기 춘
담 당 자	박 원 용
연 락 처	(042)550-7345

☐ 유가족 보관용   ☐ 호적정리용
☐ 사망보상금청구용   ☐ 군인연금청구용
☐ 특종보험금청구용   ☐ 보험금청구용
◉ 보훈처 등록용   ☐ 국립묘지안장용
☐ 기타

※ 동확인서는 안내문에 명시된 대로 사용하여 주시기 바랍니다.

2008

육 군 참 모 총

〈 전사통지서 전문 〉

전사통지(사망확인서)

육군방첩 부대 소속으로 그리고 군복무중 68년 11월 25일에 ○○ 지구에서 전사하였음을 통지합니다.

확실한 것은 임시군법에 의해 오빠를 채용했다고 해서 대전 현충원(국립)에도 북파 간첩으로 위패 모신 곳이 아닌 군무원 소속으로 위패가 모셔져 있다.

내가 제일 존경하는 웃어른을 모시고 같이 봉안식에 참례 확인한 바 있다.

이창재 오빠는 대한민국에서 사라져 소멸됐으나 집안에 명예로운 죽음으로 결국 전화위복이었고, 44년 만에 정상적 가정 위에 올려놓음과 동시에 유공자 가정으로 등록시켰다.

피눈물 나는 지난 세월을 되돌아 보면 형언할 수 없는 비참한 세월이었고, 위대한 우리 창재 오빠라서 대단한 결행을 할 수 있었다 생각하면 오빠가 끝없이 존경스럽다.

우리 가정을 도탄에서 구제했다는 것은 가문의 영광이며 이창재 오빠의 자손 만대가 잘 열리는 것으로 말로 다할 수 없는 공덕을 지었다. "우리 어머님의 비애와 애환으로 점철된 우리 가정을 저 극락으로 제도해 주신 데 대해 창재오빠에게 무한 감사와 영겁토록 오빠 앞이 대대손손 열릴 것을 확신과 동시, 우리 가문의 영광과 만세삼창을 외칩니다. 이 순간부터 쓰라린 지난 과거 다 잊으시고 아마도 잊으셨으리라 믿습니다."

현충원에 봉안식(이창재 위패)을 마치고 나오며 만세삼창을 외쳤다. 억겁으로 쌓은 체증이 싹 쓸어내린 마음이었다.

세세생생 좋은 생으로 틀림없이 열릴 것이니 창재오빠 부디 행복하고 안락하시기를 잊지 않고 기원하겠습니다.

한편으로 우리 어머님의 의지에 놀란 것이 그렇게 강인하게 흐트러짐 없이 감기도 앓지 않으시고 틀림없는 생을 꾸리시는 것을 보면 대단하신 분이시다.

결과를 꼭 보고 죽더라도 죽지 끝을 보고 나서 긴장을 풀더라도 풀자는 어머님의 결연한 의지에 놀랐고 아무나 그런 큰 복을 받는 것은 아닌데 백 세를, 일 세기를 꼭 채우시고 이 세상을 마감하셨으니 존경스러운 어머니시다.

백수를 누리면서 93세에 이산가족 찾기에도 이북에 가서 오빠 둘이 명문을 이루고 어머니 죽기 전에 가문이 번창하여 잘 지내고 있는 그 모습으로 첫째 한이 풀려서 어머님 혼자 만세를 외치시던 이북에서의 마지막 아침이 다시 떠올려진다.

가문의 영광이 어머니 마지막 생애를 장식, 이보다 더 큰 은혜가 어디 또 있겠나 할 때 감동하고 감사하는 마음뿐이다. 금생에 원만 회향한 덕으로 기초가 되어 영생에 영광스러움으로 은혜로움으로 승승장구 일취월장으로 열릴 것을 확신하며 어머님의 극락세계에서 안주하시고 세세생생 오빠 삼형제 어머님 아버지 자주 만나시기를 축원 기원하고 일각이라도 잘 살아야겠다는 결의를 굳힙니다.

엄니 오빠 세세생생 꼭 만나.

잘 할게. 꼭 만나야 해.

내 염원이 이루어지기를 앙망하나이다.

말후의 어머님 모습

어머님은 자식들에 칭찬을 모르신다.
성에 차질 않지만 그래도 견디신다.

큰딸이 모시고자 간혹 표현을 하나, 어머님은 셋째딸과 있기를
좋아하셨다. 큰 넓은 집에 온종일 혼자 계셔 무서움도 타고 귀가 어
두워 초인종 소리도 모르신다.

아침이면 늘 전화를 해오신다.
오늘 大田 엄니한테 가. 몇시까지 가. 그러면 기다려 주신다. 가
서 뵈면 늘 피골이 상접해 있었다.

눈물이 터져 나와 엉엉 울어도 우는 줄 조차 모르신다. 그냥 반갑
기만 하신 목숨이 경각에 달려있는 모습. 안타까워하다 오빠 찾는
바람에 모시게 됐지만 내게 늘 의지를 하셨다.
집안에 슬픈 얘기도 안 하시고 한이 너무 많아 정신이 응고된 것
같아 안쓰러웠다. 답답했다.

가끔 외할머님 말후에 잘못한 게 큰 한이시다.

"내가 잘못했어유 엄니. 내가 잘못했어유 엄니."

할머님 초상에 영이 낳아 놓고 돌 때 돌아가시는데 아버지가 퍽 다 챙기시고 잘 모셨다고 하는데, 늘 잘못했다고 우시는 것을 몇 차례 보았다. 여간한 것을 되뇌이는 분이 아닌데 외할머님께 잘못해 드린 점에 대해서는 마음 아파하셨다.

사람 노릇. 은혜나 신세를 잊지 않으려는 마음.
큰스님네를 모시는 마음가짐으로 온종일 느끼면서 모셨다.

생애 마감을 아들 삼 형제의 한을 풀고 가신 데에는 그저 감사하는 마음뿐입니다.

어머님의 품성과 기질에 대한 존경심

　세상에서 가장 중요한 인연은 부모를 잘 만나 제 삶을 영위하는 것으로 어떤 가치로도 비교가 안된다. 큰 부모의 영향력 때문 자신에 충실해서 살아왔다. 젊어서도 엄한 어머님이 난 싫었다. 그 표현을 하면 "네가 절로 된 줄 아니. 까불지 마" 한 소리를 들은 바 있다. 그렇게 엄하신 내 어머님. 불필요한 말이 없으셨다. 너스레도 군말도 없던 것은 그럴 여유가 없어서 였는지도 모르겠다. 삶에 시달려 고달파도 그 표현조차 마다하고 삶에 충실하여 그나마라도 유지해왔을 것이다.

　나이먹은 자식은 죽었는지 살았는지 생사를 모르는 채 사라졌고, 철부지 딸들만 있지. 어머님의 애환을 알 줄 이해할 자식 하나 없는 처지에 있으면서 굳건히 꾸려온 그 세상을 우리 딸자식들은 알 리가 없다.

　굳은 의지 굽힐 줄 모르고 소신 있는 생을 엮어온 우리 어머님. 쓸 만한 큰 자식은 가슴에 품고 53년을 그렇게 살다 다행으로 죽기전에 아들을 만나고 천추의 한이 풀렸다. 다음으로 어머님의 마지막 한으로 남은 북파공작원으로 희생된 이창재 셋째 오빠의 소식을 국방부를 통해 수소문 끝에 찾았다. 그것도 어머님 죽기 전에 국방부에서 추적해서 찾은 것이다.

천추의 한이 된 오빠다. 이창재 오빠의 영혼이 한이 되어선 안되겠기에 항시 피눈물 흐르는 마음으로 가슴이 저리던 중 그러다 그만두자 싶어 중단했다가 그래선 안 되지 싶어 노심초사 아까운 줄 모르고 돈을 쓰고 고생하고 찾았지만, 성공하니 서류상으로 국가유공자로 인정받아 그 마음이 다 해소됐다.

단, 내가 집안에도 다 알렸다고 해도 나머지 형제들의 무지한 처사로 외면당한 측면이 없지 않아 부연해서 설파하고자 한다.

북파간첩이 오빠 스스로가 자행한 소행이 아닐진대, 창피한 일이 아니다. 창피해도 천륜이고 인정 간에 그럴 수는 없다. 오빠 권리회복도 제일 큰 비중을 차지하는 게 형제의 천륜지정을 벗어날 수 없는 일이기에 그렇다. 더욱이 국가적 유공자로 국가와 국민이 공인하는 우리 오빠 이창재, 국가유공자를 몇몇이서 모여 쉬쉬한다고 모르나. 내외 친척에게도 다 알려져 모르는 사람이 없다. 어머님이 생존하셨기에 그 한이 가슴을 태우고 영이가 정부 상대해서 오빠 자취를 찾았고, 칠 년을 고생한 거다. 내가 친척들과 왕래가 없으니까 알리지 않은 줄 알았겠지만 난 다 알렸다. 날 죽은 목숨 취급할지언정 그렇게 할 일은 아니지. 오빠 존재도 확인시키고 명예회복 시키는 것이 나로선 매우 중요한 부분이었다.

오빠는 열심히 살았고 노력했고 착실했다. 머리도 좋고 나쁜 일에도 욕 한 마디 하지 않고 밝게 살아온 오빠다. 그런 우리 오빠를 왜 숨겨야 하는지 자꾸 물어보고 싶다. 인간답지 못한 소행에 괘씸

하기까지 하다. 5년동안 엄니 모셔가며 피눈물을 흘리면서 고생을 한 일이 왜 남도 아닌 형제에게까지 그런 비정한 대접을 받아야 되는건지 자꾸 묻고 싶다. 창재 오빠 일로 쥐도새도 모르게 보상만 받고 집안에 언급을 안 해? 내가 서울에서 사니까 대전 집안 환경을 모르는 눈 먼 장님 취급하지만 천리안으로 세상을 관찰한다.

그 엄청난 일을 입 딱 다물다니 어이없다. 우리 오빠는 60년 가문의 회한을 씻겨준 위대한 공로자다. 언제 꿈이라도 꿀 수 있는 그런 업적이 아니다. 국가의 유공자는 물론이고 가문의 염원을 성취해 준 유공자다. 그것도 자신의 일신을 던져 사지로 죽을 각오하고 뛰어든 희생으로 집안을 구축해 온 우리 이창재.

오빠에게 박수를 보내는 바다. 우리 집안으로서는 위대한 오빠다. 오빠를 생각하면 저린 가슴 그 자체다. 자상하면서 재미있고 밝은 웃음을 띠고 대화하는 우리 오빠의 모습이 보고 싶다. 나의 생이 끝날 때까지 어떻게 해야 내 영향력이 오빠에게 미칠까가 나의 할 일이다. 한으로 점철된 오빠의 생애가 애처로워 심금을 울린다. 말로만이 아닌 행동으로 실천을 하며 기운차게 살아갈 것을 마음에 새기면서 영광스러운 이 기운이 오빠로 하여금 그림자처럼 끼칠 것을 확신하는 바이다.

육안으로는 못 보지만 나의 심안으로 영광으로 앞이 열려질 것이 믿어마지 않는다. 부디 가족과 함께 화평하고 강건하며 영광으로 열리기만을 기원하는 마음이다.

죽고 또 죽어도 자꾸 세상마다에서 만나지기를 기원하며 또 기원한다.

어머님 꿈 얘기

6.25 끝에 큰오빠 둘째오빠 돌아오기를 오매불망 기도로 달래며 사셨다. 꿈에 딱 한번 보이는데 물이 흘러가는 냇가에 두 형제가 흐르는 물에 발을 담그고 배낭에 속이 꼭 차게 담겨있는 모습을 보곤 다시는 못 보았다고 한다.

태몽 꿈을 꾸는데 집 주변에 꽃이 꽉 차게 피어 있는데 조금 있다가 꽃이 시들어가더니 금방 활짝 피어 집 주변이 온통 꽃이 피어있는 꿈을 꾸었단다. 그러더니 오빠들 못 보고 산 세월이 자그마치 오십삼년만에 두 형제를 만나서 두 오빠는 이북에 명문을 이루고 잘 살고 있으니 그렇고 셋째오빠 오늘에 주인공도 못 만나 보았지만 북에서 아버지 후광을 받고 살고 있다고 짐작이 있다. 아마도 죽지 않았다고 확신이 있다. 유족회에서 북파된 이가 팔구십프로는 북에 살아있다고들 한다. 어머님한테 죽지않고 잘 살고 있데 엄니, 한다.

죽지 않고 살아 있다니 잘했다 하며 기뻐하신다.

박재완 할아버지께서 평재가 사주가 그렇게 좋다시며 못해도 참판은 해먹는다고 하셨다는 말씀을 가끔 하신다.

떨어져 못 보긴 해도 건강하게 새끼들 교육 잘 시키고 반듯하게 잘 꾸려가니 좀 좋을까. 난, 가족 북에 있는 얘기를 하자 다 잘되어 교육자 집안이 되었으니 기쁘고 오빠들 살았다는 것만으로도 만족하다 존재가치만 쳐도 하늘이 도운 것이다. 승승장구 하고 명문을 이루고 화기애애 산다는 것 자체가 좋다 국가 자체가 궁핍해도 분위기가 좋으니 잘 먹고 해도 인간 축에 못 가게 사는 것 보다야 아니지 공주로 피난 막 내려갔을 때 공주 아니면 맨 아는 사람이니 둘째 평재 오빠가 우리 어머님 보면 인민군한테 끌려간다고 꼭 전해달라고 한 것이 끝이었다.

서울 돈암동에서 헤어지고 그것이 끝인데 북에 가서 오 년만에 큰 오빠 형제를 만나 의지하고 살았으니 이런 다행이 어디 있겠는가. 정당하고 착하고 남 모함할 줄 모르고 죄 무서워 하고 나쁜 일은 할 줄도 모르는 우리 어머님의 수양적 삶이 자식들에 빛이 되어 한을 씻게 된 것임은 사필귀정 아닌가. 덕을 쌓고 삶 자체가 수양의 생활로 일관되게 꾸려감이 그것이 자식에 밑거름이 된 것이라 믿어 의심치 않는다.

그것보다 더 다행인 것은 엄니가 생존하셨다는 사실은 분명코 하늘이 내리신 큰 복이었다고 생각한다.

북에서 명문을 이루고 당당하게 뜻을 펼치고 살아가는 두 오빠의 가족 또 무궁하기만을 기원할 뿐이고 하나도 빠짐없이 어머님 생전에 한 마당에 모이면 하는 욕심아닌 욕심도 간절할 뿐이다.

잘난 오빠들의 자랑스런 인품, 인간미 넘치고 통찰력 뛰어난 인격이 참으로 감동적이다.

두 형제가 부모 형제의 한풀이를 다하면서 아버지의 후광을 받아

원껏 살아가는 모습, 그리고 그 훌륭한 아버지의 못다한 한을 자식들에 의해 당당하고 자랑스레 살아가고 있는 오빠들에 보지못한 세월이 회한을 풀어내기에 충분했다. 지난 오십삼년 간의 한많은 세월의 눈물을 깨끗이 걷어내 준 것이다. 그보다 큰 광영이 어디있겠나, 하늘이 낸 우리 가문의 축복이었다.

제 2 부

후회없는 선택은 더없는 높은 세상으로의 길

집착에서 벗어나 더 넓은 세상에 발들여 놓기를 주저하지 않았다. 갈등의 세계를 벗어나기를 천행으로 알고 미련도 닦아 놓은 지난 세월도 집착하기로 말하면 차마 무자르듯 냉정하게 그럴 수 없을 것 같은데 고뇌만 하다 세상 끝내는 이도저도 아닌 그런 생은 싫다. 참을 만큼 참고 운명으로 생각하고 겪을 만큼은 다 겪었다고 생각할 때 후회 없는 삶이었다.

수행은 참 삶의 뜻으로 거기에다 자기를 밝히는 최고 수확이 그것이다. 대덕스님의 말이 없는 생활 말이 필요하지 않는 생이 나한테 많은 느낌을 주셨다. 관찰이라는 마음을 붙잡아 보통 사람은 생각하지 못하는 그 세계를 마음을 붙잡아 보통 사람은 생각하지 못하는 그 세계를 영위하고 계신다. 감히 도전하는 말 같지만 골자만 말씀드린 바 있다. 친한 것도 봐주는 것도 받아들이는데 정도가 있게 해야 한다는 준엄함에 아마 놀라셨을 것이다.

원만이라 함은 그릇에 물이 차 있는 것을 원만이라고 한다면 넘치는 부분은 깨진 그릇에 비유한 것으로 아무리 친해도 잘못하는 부분은 일깨워 더 진행이 되지 않도록 해주는 게 친분의 도·인결로 안다를 표현을 한 바 있다.

깊은 이야기도, 긴 이야기도 한 바 없지만 사제지간에 아끼는 마음의 표현이었다. 듣기만 하신다. 그로 인한 알고 보면 나라는 사람이 무정한 것 같지만 무서운 제자고 틀림없는 인품이라는 것을 느끼셨으리라고 믿는다. 감히 어느 안전이라고. 비판적 말씀이지만 짧게 언급한 바 있다. 최상의 큰 분이고 더없이 믿는 분이기로 지적 아닌 지적인 것으로 내 표현으로는 준엄한 한 마디를 드린 바 있다.

그로 인한 나의 인품을 바닥까지 아시게 된 동기 그래서 제자에 대한 소중함, 믿음이 확실해지셨을 것이다.

그로 인해 나는 마음이 한결 편해졌다.

기봉이 실수한 데 대한 주변을 지적한 것이다. 사람이 살다보면 실수 없는 이가 있겠냐만은 믿음이 깨지는 실수 때문에 그동안 내 생애 쌓아온 모든 것이 한 순간에 수포로 돌아갔다는 실의에 빠져 기댈 데도 없고 한편 원망스러움, 나의 마음을 알아줄 분인데 간과한데 대한 섭섭한 마음의 작용이었다.

응석이고 어리광으로 받아들여 마음이 퍽 상했구나 하고 생각하신 나머지는 용서할 수 있고 능히 이해가 가능하다. 여기까지가 나의 생각이다. 이보다 더 큰 부모는 없다.

무언으로 상대방을 알고 감지한다는 차원 높은 앎.

그렇게 사제지간의 이해가 잘 되고 있었다. 버릇 없는 제자의 차원을 넘어 친지같은 제자의 차원으로 동급으로 받아들이신 것 감사하고 어느 순간 다 삭혀버리신 것으로 얼마나 믿음이 절실했으면 그 다지 마음에 호소를 담아 여쭌 말씀이다. 지금까지 생존하셨다면 지금은 그 말씀을 다시 드리면서 담소하고 넘어갈 만큼 여유롭다.

같은 차원의 기봉을 택한 것도 믿음 하나 때문이었다. 그래서 나의 분노는 혹독했는지 모른다. 지금에 와서는 되짚어 봐도 그를 두 번째 숭상하는 존재로 후회없는 선택에 행복했다고 할 만큼 믿었다. 지금도 그렇다.

틀림없고 위대하다. 귀하게 성장했고, 그렇게 살다 가신 그 분의 깊은 마음을 믿었다. 운명으로도 작용이 달라질 수 있음을 깊이 깨달은 바 있어 마음깊이 책임의 소재가 나인 것을 일찍이 깨달은 바 있다.

엉뚱한데 분노를 표출한 셈이 되기도 하겠으나, 분노가 아닌 정석인 것이다. 내 마음에 늘 그 한마디가 떠올려 질 때가 있어 이 글을 표현해본다. 믿음 그 마음 뿐이다. 더도덜도 아닌 믿음 그것이다.

그 분은 사라진 세상에 내 소신을 피력하는 이유도 걸림돌 중 잊혀지지 않는 이유에서다. 부디 두 분 모두 편히 생을 누리시고 좋은 인연을 품어주시는 동시 애호로서 자비심을 발휘하여 좋은 회상(會上) 누리시기를.

뿌리깊은 나무 나의 생애

내가 걸어온 전 생애가 뿌리가 깊은 나무처럼 느껴질 때가 많다. 초등학교 5학년 때 부터다.

그 때 입산하고 싶은 마음이 들면서 서둘러졌다. 법성 언니한테 말을 해 도망가고 싶다. 갈 곳을 얘기해 달라. 애원하고 매달린다. 그런데 혼을 낸다거나 안된다 거절하거나 하는 반응이 아니고 진정 나를 인도해 주고 싶은 마음인 거다. 그래서 궁리하다 정한 곳이 순천 선암사였다. 그때 선암자에 명성스님이 강사를 하고 있을 때다.

겨울이어서 백설이 세상을 덮은 엄동이고 추운데 밤에 어머니가 이상한 눈치를 챘다. 밖으로 밤중에 쫓겨났는데도 항복을 하지 않는다. 난 추워도 그냥 떨고 있는데 부모 마음과 자식의 마음은 하늘과 땅 사이인 거다.

엄동설한에 몸이 얼어 붙는데 항복은 하지 않지. 어머니도 냉정한 성격이긴 하지만 딸이 얼어죽을 지경인데 항복은 할 생각이 없는 듯 하고, 뜻을 굽히지 않는데 시간을 흘러만 가고 캄캄한 밤중의 추위는 가히 짐작할 수 있는 것 아닌가.

기어이 어머니가 불러들여 잠을 자고 언제 그랬는가 하는 모녀의 천륜지정인지라. 혼은 났지만 부모로서 가르칠 일이고 난 마음속으로 간직하고 계속 계획을 포기하지 않고 졸업까지 하게 된다. 학교 생활 충실히 하고 집에 와서는 애가 아닌 철난 아이였다. 어머니 수족같이 어머니 하는 일에 줄곧 쫓아다니면서 내가 도울 일을 찾아 관심을 놓지 않는 큰 일꾼이다. 그런데 졸업할 단계가 왔다. 중학교에 진학을 해야 하는데 마음에 정한 바가 있어 진학을 하지 않는다.

대천에 둘째 이모가 사는데 그 곳을 간다고 한다. 그때까지 난 스님네와 계속 누구 스님한테 제자로 정해놓고 기회만 노리고 있던 차다. 갑자기 어머니가 대천에 가시고 안 계신 차에 삭발을 감행한다. 한 보름있다 어머니께서 돌아오셨다.

내가 없는 것을 동네 사람들이 다 알고 있으니 한층 더 분위기가 달라져 있었고 어머님이 얼마나 충격을 받을까 모두 신경을 곤두세워 어머님 뜻을 잘 받들고 관심을 가져준다. 그러다 밑에 동생들이 말해서 알게 된다.

어머니가 오시자 절이 벌컥 뒤집어졌다. 내가 입산한 데 대해 집안의 체면이 서지 않는다며 은사와 주지를 혼을 내고 책임을 묻는다. 아무도 모르게 옛날 삭발 이전 모습으로 책임지고 모양새를 갖추어 주겠다고 두 분 스님이 어머님 앞에 무릎 꿇었다. 난 단호했다. 어머님 뜻대로 절에서 나오기까진 하는데 세상엔 없을 거라는 단호한 내 말에 어머니가 항복하고 말았다. 이 때부터 마음이 평안해 세상 다 얻은 그런 마음이었다. 나는 매일 새벽 3시에 일어나 형님들 하는대로 일하고 친구처럼 지내며 즐겁게 행자시절을 잘 보낸다.

강원에 가서 사미과에서 대교까지 열심히 한다. 이 과정에서 첫 깨달음이 인과응보설에 큰 깨달음을 얻어 내가 나를 일깨우는데 글로 배우는데 끝나는 것이 아닌 심취해 한 마디 한 걸음에 뜻을 갖고 마음이 조금도 흐트러짐 없이 매사에 관심을 갖고 게으르지 아니하고 자신을 관찰하는 데 빠져 어느 한 대목도 예사롭게 지내는 일 없이 주관적인 생활이 일취월장으로 한 번 해낸 일은 다음에 몇 년 지난 선배 형들 하는 것 못지 않게 해냈고 시종일관 그러다 보니 대선배 형님들의 상대가 되어주기 까지의 실력을 갖추게 되면서 고행이 락으로 받쳐 고행이 실력으로 한 모퉁이 책임을 질 수 있게 되고 뿐만 아니라 모든 이의 믿음을 받기 시작하면서 고행이 동반자가 되어 잠이 좀 부족하게 지내도 재미를 느껴 취미처럼 게으르지 않는 일상이 전개된다. 그 나이 또래들은 공동으로 책임을 며칠씩 가래를 잡아 소임을 하는데 소임이 끝나면 휴식도 하고 해도 모든 것이 모르는게 많은 나로서는 소임을 떠나 마음이 게으르지 않는지라 관심과 관찰밖에 사는 생이 마음에 들지 않았다. 명색이 수도인이면 직분에 맞게 살아가는 것이 내 갈 길이라 여겼고, 나 외에 어떤 이가 무엇을 어떻게 하든 그것은 관심이 없다. 내가 충실히 살아가는 것이 잘 가는 것으로 판단돼 그렇게 마음가짐에 사심없이 던져 살아가면서 정신이 항상 맑아 고행이 신선같이 그렇게 잠시도 마음놓지 않고 살아가는 게 세월 감각도 없이 심취하는 마음자세가 그늘진 곳이 없이 하루가 짧게 그리 꾸려간다. 그런데 인연줄이 있는 것을 알게 된다.

강원에서 글을 배우는데 사미과 졸업. 사집 시절에 관음재 지장재일. 큰 스님 법문 끝에 학인들의 강연이 있다. 선배인 형님이 원고를 써 준다. 원고 내용이 순천 선암사에 경운스님이 붓을 만들게 된 동기며 그로 인한 법화경을 쓰게 된 얘기가 전개된다.

두 번째 선암사 얘기가 전개되면서 이십년이 되어가면서 세 번째 선암사 주지스님 인연이 전개된다.

전개되는 인연 마다에 전생이 보이는 듯 했다.

인연줄이 자중한 걸, 전 생애에 걸쳐 항시 중시하는 바이지만 삶에 있어 일각이라도 소홀히 해선 막대한 위력을 흩어 놓을 수 있겠다 싶어 마음 푹놓고 무관심으로 지내는 생이 본분에 어긋나는 일이라 여겨 실수 없이 살아가는게 보람이고 힘이었다. 몸은 살아가는 생애가 한정이 있는 고로 한정에 처했을 때 후회없는 생을 마냥 익은 열매처럼 달콤한 맛있는 생애를 만들어 가는 것이 내 갈 길이다. 망상은 아무리 해도 헛생각. 이왕지사 가는 길인데 진정한 마음으로의 발걸음이 후회없는 길이라 생각할 때 무엇을 하든 하나를 하든 둘에 관심보다 그 하나에 충실한 뒤 다음 둘로 넘어가는 뒤돌아 보지 않아도 믿음이 있는 행이 이어지도록 잘 사는 것이 수행이다.

누구에게 보여주려고 하는 잘 한다는 생각이 아닌 하나부터 충실하고 다음으로 넘어갈 때 잘 살았다는 내 행에 내 관심에 충실하는 것이 내가 영생으로 가는 길이 넓은 길이 열려 있다고 확신하는 생활이 됐다. 그래서 삶이 재미있고, 누구도 그런 관심, 그 관심을 내 관찰하는 자세와 수행에 대한 자세에 물 샐 틈 없이 자신에 대한 엄중한 관조(觀照)에 빠져 조금 피곤하다 해서 나에 대한 관용을 배려하지 않고 살아가는 힘이 받쳐줘서 오늘에까지 재미있게 살아가고 있다. 열 살 중반부터 누가 있거나 없거나에 무관하게 철저히 자신을 추스르는데 게으르지 않고 살아가는 습관을 판단해 본다.

전생에 그 무엇이 작용하여 이다지 단단하게 엄격하게 자신에 대한 운용이 한결같이 유지해온 힘에 감탄할 때가 있다. 그 무엇의 작용인지가 화두다.

화두로 끝나는 화두가 아닌 되도록 자신을 잘 추스르는데 觀照해 가는 데에 무엇으로 바꿀 수 없다.

금전과도 바꾸지 않거니와 어떤 세력에도 바꿀 수 없다. 영생을 향하여 생이 끝나 다음 생애 열리는 길도 이와 같이 가리라.

지금의 마음이 길이요, 낙이라고 생각할 때 일각이라도 옳은 마음 강하게 지절을 지키는 마음이 영생이 그대로 열릴 것이다. 말로만 수행이 되어서는 그냥 그 말하는 순간으로 끝이다. 마음과 말이 또 행이 일치가 되는 말 전말이 시종이 일치가 되는 행. 어떤 이익에 빠져 뜻을 잃고 그 뜻이 이루지 못했을 때 갈 길을 잃고 헤매는데 그것이다. 잘못 판단하여 처신 잘못하는데 원인으로 수행의 본질을 잃는 것이다. 재물도 잃고 사람도 잃고 자신도 잃었는데 그것은 수행자의 뜻은 온데간데 없게 되는 것이다. 수행의 본질은 제일 귀하고 가치가 돈도 사람도 가치가 있겠으나 자기자신을 잘 유지하는 힘. 그 무엇하고도 바꿀 수 없는 위대한 힘이다. 남의 눈속임이나 훤히 보여주고 어떤 말로 치장을 하여 사실에 왜곡된 말을 해서 위상을 높이려고 애써 표현하고 만족을 삼고 그 생각에 벗어나지 못하는 우매한 짓은 그거야말로 수행에 부끄러움을 남길 뿐이다.

명실이 같아야 할 것이고 양심부재의 말이나 행위, 그보다 더 어리석은 일은 없다. 인생은 짧다. 실이 없는 허망한 망상에 취미를 느끼고 벗어날 줄 모르면 진정한 삶이라고 할 수 없을 것이다.

금전에 심취해서 여타의 것은 도외시 한다고 남이 잘 산다 우러러 봐줄 것에 대비하여 위장술에 힘주어 뽐내는 자세가 한탄스럽다.

오직 자신의 보배는 자신의 충실한 마음 가짐만이 영생을 헤쳐 가는데 끝없는 힘이 될 것이다.

길을 가는데 약도를 알았으면 그길로 견지해 가길 노력하는 것만이 영생에 힘이 될 것이다.

한탄스러움 수행은 보여주기 삶이 아니고 자신을 구제하기 위한 자신을 철저히 밝혀내기 위한 삶이 되야 세상에 떳떳하는 것이고 다 저질로 놓고 한탄하고 후회하지 않도록 자신을 잘 지켜 인과의 이치를 생각하여 길을 바르게 충실히 갈 것을 다짐하고 행으로 옮겨야 할 것이다.

후회하고 거짓으로 말하고 무책임한 행이 자기 길로 업보로 그대로 열려질 때는 이미 늦었다. 남에 대한 판단은 누구나 잘한다.

자기에게만 관용하는 이런 생각이 자기를 망치고 고생길로 돌아서게 한다.

한 번 길을 잃었을 때부터 악취(惡趣)와 고통의 세상에 생이 열리게 된다. 그런 세상에서는 대인도, 덕인도 만나지 못하게 되는 것.

대덕 스님들의 생활을 보면 항시 말이 없으시다. 그분들의 힘을 얻어 열어가는 세상은 당신들은 이미 깨달음의 세계를 구축해 그 속에서의 생을 열어가는 것이다.

말이 없으나 관찰이 있고 판단도 있다.

그 무게는 보통사람은 생각하지 못하는 확고부동한 세계를 영위하고 있다. 수행의 참뜻을 참 삶의 뜻으로 잘못 오판하고 가는 길을 없어야 할 것이다.

한 생각으로 올곧게 분위기를 잘 유지해 갈 때 정서가 안정되고 그 기본 위에서 제대로 열리게 되는 것이다.

혼탁한 분위기에 합류되어 자기 본성을 잃고 악연을 맺기 시작할 것이 분명하니 인연을 잘 맺어 유지해 가는 것만이 자기 생이 제대로 열릴 것이다.

현실에 잘 적응하면서 감정에 흔들리는 일은 없어야 할 것이다. 확고부동한 신념에서 나오는 생을 잘 유지하도록 도도히 철저히 잘 다듬어 가는 길만이 어떤 장애도 그 앞을 가리지 못할 것이다. 어떻게 유지해온 생인데 생각할 때 촌각이 아깝고 헛되이 보낼 그런 마음이 없다.

다행히 금생을 되돌아 보면 전생이 눈앞에 보이는 듯 금생에 걸어온 길에 뿌리를 느끼게 되는 것이다.

어떤 세력에 걸려 근본이념을 흐려서는 절대 잘못 가게 될 것이기에 그것만은 마음 속으로 배격하고 애착을 버리고 허허로운 마음으로 자재로이 생을 꾸려왔다.

어떻게 얻은 생인가 생각할 때 이보다 더 귀한 생은 없을 것이기에 더욱 그렇다.

금생에 제일 다행스러움은 불교에 입문한 것이다. 역풍도 없지 않았으나 그만한 일을 겪었기로 판단이 생겨 안목이 열려 뜻을 굳게 하게된 힘으로 본다.

열리는 인연마다에 깨달음을 주고 더 높은 세계가 열리는 환희의 장으로 나로 하여금 즐거운 생이 열려 한없는 깨달음으로 세상을 열어가는 능력을 얻어 주위에 덕으로 회향하는 힘이 되고 넉넉한 마음으로 나머지 생이 되도록 열어갈 결의가 되어 있다.

　무량원겁 즉 일념으로 견지해 갈 것이다.

계사년 9. 18 마침. 추석 전날

박대륜 대종사님

대륜 대종사님께서 법륜사를 무진년에 포교당으로 설립하시면서 석가모니 부처님께서 49년 동안 중생교화하신 데에 뜻을 같이 하시고자 애써 열정적 삶을 계획하신 대로 원만 회향하신 생애가 새삼 떠올려진다.

난 58년 입산, 60년에 덕암대종사님을 계사로 인연하여 문중회의 때도 나를 불러들여 참석하게 하셨고, 부르심을 받고 법륜사에서 가사도 하사받은 일이 있다. 그 뿐이랴, 대전불교연수원 낙성식때 법륜사에서 대륜 노스님 덕암대종사 이남허 윤종근 송기학 등 대덕스님 일곱 분이 대전에 오시어 덕암대종사님께서 나 왔다 오너라 전화가 왔다.

그리하여 낙성식에 참예하게 되었다.

그 때 대륜 노스님께서 가자 같이 가서 깎자 하신다. 무척 애석해 하셨다. 그런 때가 있었다.

다시 복귀하고자 함에 걸림이 없다.

현재 태고종 종정이신 혜초 대종사님 앞으로 건당을 하고 널리 알리고 입지를 튼튼히 하고자 함이다.

원래 열정적 삶에 눈 돌릴 새 없이 잘 꾸려 왔고, 탈퇴할 때 인연은 그 때로 마감했고 윤종근 스님을 선택한 이유도 그렇게 해서 의도적인 생을 꾸렸던 것이다.

그리하여 내 마음 털어내기에 충분했던 것이 사실이고 하고 싶은 일은 거리낌 없이 쉼 없이 다 해 왔던 것이다.

남매 결혼시켜 제 갈 길 잘 가고 있으니 구애됨이 없어 최상의 생을 누린다. 모든 것이 사슬에서 벗어났고, 내 갈 길만 정비해 제대로 된 삶을 영위하고자 대결단을 내렸다.

창재오빠의 애환을 녹이기 위한, 아버지와 외삼촌, 권중령 숙부 등 애혼들을 달래기 위한 대법회를 거행하였다. 이 참에 천도대 법회를 거행하면서 건당식도 겸행할 준비에 들고 있다. 내 생애에 덕암대종사님을 계사로 인연 생이 가장 큰 위대한 힘을 받은 나로서는 영생을 두고 힘으로 작용 발휘할 것이다. 수승한 인연 복전에 뿌리 내림은 그보다 큰 광영은 없을 것이기에 늦은 나이긴 하나 복귀하는 뜻이 대단한 힘으로 열매를 맺으려 한다.

그 대덕 덕암 대종사님 법맥을 계승하신 혜초 대종사님(현재 태고종 종정)앞으로 건당을 하여 새로운 삶에 길을 개척하고자 함이다.

마음이 지향하는 바대로 날개를 활짝 펴고 자재로이 날개짓을 할 것이다.

덕암 대종사 2주기에 즈음

한국병원에 입원중이실 때 신도 김성녀와 또 한 번은 윤희자와 같이 가 뵈었다. 훌륭하신 분이라 말씀은 못하셔도 친견하는데 뜻을 갖고 뵙게 되었다.

퇴원 후 종정실에 돌아오셨을 때도 몇 차례 뵈온 게 마지막이 된 것이다. 열반 후 일주일이 지난 어느날 신도 당정사님께서 덕암스님 열반하셨지? 한다.

너무 놀랐다. 이미 일주일이 지난 것이다.

하늘이 부끄럽고 온 세상이 부끄럽다. 어찌할 바를 모르고 전화도 못 드리고 지난 것이 2주기가 된 것이다.

참으로 난감했다. 문도스님네가 칠칠재며 사십구제며 소상까지도. 어떻게 처신해야 할 바를 몰라했다. 그렇게 거의 이 년이 되가는 어느 날 불교방송에 덕암대종사 2주기 대상 겸 부도비석 제막식 겸 선암사 선방 방장 취임식을 삼종행사가 2005년 11월 30일 치러진다는 뉴스를 듣고 기회를 만나게 되었다.

천추에 한이 되게 살아선 아니된다. 정신적 혜택으로 말을 하자면 잠을 안자고 해도 끝없는 큰 힘을 받은 또는 힘을 주신 최고의 스승님을 한시도 내 마음 속에 잊을 리가 없다.

그런 은혜는 아무나 입는 것이 아니다. 누구나 그런 은혜를 받을 것인가 할 때 소중하기 짝이 없다.

대인으로의 길로 들어서게 인도했고, 자신과 용기를 주셨고, 선망의 대상 그것이었다.

지금도 늘 교훈을 주시는 마음이고 훈훈한 의지가 힘으로 인생에 길을 만들도록 함이 대단한 위대함이다.

내 자신의 힘을 무한하게 발휘, 써도 써도 샘솟는 힘을 종사님의 은혜가 없었던들 내 삶에 터전이 빈약했을 것이다. 크나 큰 역경을 헤쳐 올 때도 대도에 터득한 힘으로 무한한 힘을 발휘하며 불가능을 느낄 수 없도록 환희의 장으로 만들며 오늘에까지 아니 영겁으로 가는 길도 이와 같이 갈 것이니 중생은 업보에 의해 생을 만들어가고 보살은 원력에 의해 생을 장엄해 간다는 알게 된 동기가 다 내 주위에 대승인연들의 끊임없는 애호 속에 무한한 사랑으로 내 인품을 마음껏 발휘하며 영원 속에 넓은 날개로 우주를 마음껏 날개짓할 수 있는 능력을 키운 덕을 그 분들의 막대한 은혜가 아니었던들 거꾸로 말해 본다면 소인배로 떨어져 분별없고 지망지망 표출하고도 잘못된 것조차 느끼지 못하는 지경으로 그야말로 인간이 구제받지 못할 불능의 상태로 생을 마감했을 것이다.

그렇게 생각할 때 다행스러움이야 환희용약할 일이 아닐 수 없다. 선방(선암사) 취임으로 스님(덕암 대종사) 부도 비석 제막식으로 2주기 대상으로 三大行事가 되어 있어 삼일 전에 선암사 행을 한다.

밤 늦게 순천에 도착 윤희자와 연락을 취해 희분이 형제가 차를

태워 선암사에 도착하자 스님네는 이미 밤늦은 시간으로 취침에 들었다. 아침에 종정스님과 혜초대종사님을 뵈러 올테니 그리 전하라 시자에게 일렀다.

아침 일찍 내 침소에 와서 종정스님께서 기침하셨다고 알리러 왔다. 즉시 올라가 뵈오니 깜짝 놀라 하신다. 어찌된 일인고. 열반 당시 참예 못한 얘기를 하시고선 그러고 퍽이나 기쁘게 반기신다. 행사 삼일 앞두고 간 이유도 나름대로 나의 모든 것을 정립 행사에 참여하면서 가신 종사님의 크신 도력이 많은 이의 의지처가 되었음을 새삼 일깨우며 생존하실 때와 다를 바 없는 온누리를 덮고 남는 힘을 느꼈다.

일천여 대중이 스님에 대한 덕망을 한 소리로 내는데 그야말로 화장세계였다. 떠나신 지 이년이란 세월속에 사부대중은 스님의 덕망을 아쉬워하며 육신없는 현실을 안타까워 함이 간절했다.

제자를 많이 키워내신 힘으로 큰 제자(혜초 대종사님)가 그 자리를 빛낸다. 그러니 제막식을 마치고 종정스님의 방장, 취임식을 대웅전 앞뜰에서 거행 태고종이 오늘날 남게 한 노고를 어찌 다 말로 표현하랴. 그러히 모든 삼종행사를 성대히 마치고 허탈하게 돌아왔다. 진정한 지도자를 선두로 강력한 수행력을 키울 수 있게 대중이 화합하고 마음을 모아 총림답게 꾸려가기만을 기대하고 외롭고 고독하겠으나 지금 방장 대종사 혜초스님을 필두로 총림다운 총림으로 부정한 대중을 척결하고 본연의 자세를 찾아가기를 바라는 마음 간절할 뿐이다.

삶의 흔적

세월 속에 감춰져 그냥 흘러가다. 역사 속에 묻혀버린 진지하고 열정적인 삶. 평화롭고 장엄한 과거의 흔적이 기억 속에만 남고 세상에 알려져 찬탄이 아니더라도 제대로 되어야겠다는 의식이 충만해 의식 속에 고개를 들고 숙일 줄 모르고 나로 하여금 기어이 촉발시키고 말겠다는 결연한 의지가 나를 움직인다. 뜻대로 해야지 외침을 간과할 수 없기로 그렇고 상상을 초월한 현실적 비인간적 행위에 죄없이 죄인 취급인 양의 대접아닌 대접을 내 인격이 아까워서였고, 내 인생에 확실한 점을 찍기 위해 적나라하게 솔직 정도를 넘어서 표현하게 됨은 마음을 털어내기 위함이요. 여기에 대응하는 반사적 심리도 모두 감수하면서 인생에 마지막 장식을 함에 영혼이 평정을 유지함에 절정으로 알고 드러내려 한 것이다.

현존에 충실하려고 타산성이 없이 공심에나 사심에나 충실하는 것이 체가 잡인 나로서 특이한 점은 남이 어떻게 하냐에 마음을 두지 않았는 점. 내 생활이 주위의 생활이고, 주위의 생활이 내 생활로 화합대중하며 내 행동에 타산을 두지 않는 점 내 생활이 주위의 생활이고 주위의 생활이 내 생활로 화합대중하여 내 행동에 타산을 두지 않는 점. 내 영혼이 활발하게 게으르지 않고 분위기에 순응하는 자세. 좀 더 희생이 따르더라도 후회없는 삶 그것에 희열을 느끼고 보람은 말할 것도 없이 남이 미처 생각 못 한 부분을 내 생각이 미친다는 것은 나로서는 빛과 같았고 또한 커다란 힘으로 모든 이에 유익하게 주변 환경이 돌아간다면 그 또한 나의 강인한 자생력으로 지금껏 그 힘을 발휘하며 살아온 것이다. 상대방은 자기가 똑똑해서 날 이용한다 생각하는 경향이 큰데 나는 차원이 달랐다. 강한 자가 약한 자를 돕는다. 약한 자는 강한 자의 도움이 필요하다. 세상 사람들은 안목대로 상대를 판단한다. 좀 더 넓은 안목으로 시야를 관찰하는 성향이 적다. 그 눈앞에 현론에 것만 생각하는 경향이 짙어 편향적 판단에 그치는 예가 많다.

자기 사고에 충실하고 감정에 흔들리는 순간적 판단은 자기를 파괴시키는 요인이 되는 것 자기유지를 반듯하게 성찰하는 자세 생활에 끌려가는 중에도 일일이 결여됨이 없는가에 주안점을 두고 판단 있는 생활이 되어야 한다.

나 하나가 진정으로 나아갈 때 주변도 진정한 태도로 나에게 다가오게 될 것이다.

구태여 하나에서 열까지 열거하지 않더라도 하나 둘 하기 전에 풍기는 그 사람 사람마다에 성향을 알게 되는 것이다.

나 역시 나를 표현함에 있어 처음은 어떻고 끝은 어떻다 아니해도 나의 성향이 어디에 있는가를 상대가 알 듯이 말이 필요없는 진정한 인생 이야기이다.

자기 인생을 구태여 이렇다 하고 피력하지 아니해도 짐작이 있다. 좋은 사람을 주변이 나쁘게 만든다고 좋지 못한 이가 되지 않고 좋지 못한 이를 주변이 좋다 해서 그 사람이 좋은 사람이 되는 것은 아니다.

여기서 강조하고 싶은 말은 사람을 이상하게 만들어가는 성향에 소유자들을 볼 때 안타깝고 연민을 느끼게 된다. 자기 하는 일에 충실하면 세상이 조용하고 흐름이 평화롭고 시비가 끊어진 세상이 될 것이다.

기도를 법당에서 많이 하고 백팔배를 하고 만배를 하여도 자기평화를 얻지 못하는 원인은 마음 자세가 엉뚱한 데로 편향돼 있음을 자신이 깨닫지 못하는 데 있다. 평화를 그냥 얻어지는 게 아니지 않는가.

남을 미워하는 마음을 떨구고 시기하는 마음을 떨구면 자연히 평화가 유지되는 것이다.

남보다 가진 것이 많다는 생각에 남이 앞서가는 것을 그대로 보아줄 마음에 여유가 없고 단 부유하게 산다는 무게를 물질에 두기로 그렇고 진정한 삶에 대한 생각은 전무하기로 만족도 멀고 평화로움도 누리지 못하는 요인이다.

시비갈등의 생활이 수십년 흘러 그 속에서 혼돈의 세월을 보내는 동안 나는 이랬는데 너는 왜 그러냐고 대응하고 대적하는 마음 한번도 두지 않았다. 왜냐면 가치없는 세상살이에 큰 뜻을 두지 않았다. 시비를 가려서 뭐냐 할 때 그렇다.

연화사 신도회장이신 열가심 보살님이 중국에 초패왕과 같은 한이 마음속에 있다고 나를 향해 말씀하신 바 있다.

나라를 위해 자기 생을 바쳤는데 나폴레옹과 같이 궁극에 그러나 역적으로 몰려 죽은 예를 드셨는데, 초패왕이 자기를 알아주는 국민이 하나라도 있으면 한이 없겠다 하여 갈 곳을 못가고 구천에서 헤매며 밤마다 흉가같은 외딴 큰 집에 나타났는데 나그네가 갈 길은 멀고 해는 저물고 해서 하루 묵고 가려고 하는 차에 깊은 잠이 들어 한밤중에 천장에 웬 장수차림의 갑옷에 칼을 들고 나그네를 향해 하는 말이 너는 중국의 초패왕을 아느냐 하고 물으니 나그네 하는 말이 나라를 위해 희생한 영웅으로서 억울하게 역적으로 몰려 죽음을 당했다고 말한다. 네가 나의 실상을 잘 알고 있으니 내 마음 속 회한이 풀려서 이젠 여한없이 갈 곳으로 가겠다며 고맙다고 한풀이 했다는 얘기. 밤마다 장수가 나타나서 하룻밤 묵어가는 나그네마다 놀래서 죽어갔다.(그리하여 흉가라 이름나 있다.)

담력 센 놈이 시험한답시고 일부러 흉가에 가서 하룻밤 묵은 나그네가 초패왕의 한을 씻어준 셈이다.

억울한 일을 당하면 죽어서도 갈 곳을 못가는데 죽은 뒤라도 그사람의 억울함을 알아주면 편한 마음으로 갈 곳을 간다는 중요한 얘기다. 글쎄다. 세월이 약이라더니 세상살이에 빠져 살다보니 그야말로 타산력 없이 속없이 살다보니 편하다. 거스르는 말은 바람소리로 듣고 뜻을 두지 않는다.

선암사행

대례를 범하고 범한 자체를 불각에 삼 일여 지난 다음 이상 기온을 느끼면서 내가 헛살았구나. 땅이 꺼진다. 모든 게 수양부족에서 오는 결과다.

상대가 느끼도록 해준 데 대한 수치심. 그것은 감내하기 힘든 그것이다. 굳이 표현하자면 끓는 기름속의 튀김보다 내 영혼이 오그라지는데 얼른 이 상황에서 벗어나는 길을 모색하느라 어떡하지? 를 연발한다. 죄를 지은 그 곳에 가 나의 실수를 인정했음을 털어놓는게 첫째고 살기를 잘못 살아왔음을 이제야 깨달았음을 말씀 올리고 그보다 더 중요한 것은 미천한 한 인간으로 하여 한가로이 평온을 유지하는데 대한 예가 아님을 거듭 천명하니 그보다 더 생각할 수 없는 하해와 같은 마음을 베풀어 주시는데 얼음 녹듯 마음에 안정을 찾고 누리고 왔다. 살다가 실수는 할 수 있는 일이라고 보통으로 일상에서 말들 하지만 차원이 다르고 그 착오가 이미지를 바꾸게 되고 그렇게 되면 백 번을 잘해도 한 번 실수의 이미지가 그 사람의 운명을 돌려 놓는 것이기에 막중한 일이 아닐 수 없다. 그러기에 그 막중한 일을 해결하기에 체면 불구하고 불원천리 강행군으로 몰입해 매듭짓기에 내 영혼을 마쳤다. 그것이 잘 살아가는 것이라고 판단되어 거침없이 수행을 마치고 오니 마음이 가볍다. 이 마음(털어낸 마음, 실수를 환희로 호전시킨 상황)이 나의 소득이고 재산이고 힘이다. 그 힘으로 모든 이에게로 다가가고 그렇게 살아가면 탄탄대로로 열릴 것이다.

세상을 평정한 마음이고 온 세상이 나의 것 같은 것이다. 광명의 마음이다. 그러기에 자기 혹은 나의 이익을 위해 세상을 혼탁하게 하여서는 편치 못할 모든 일이 나에게 다가올 것이 아니겠는가. 그리고는 2003년 평재 오빠가 만날 때의 분위기를 얘기, 교수에서 정년 퇴임 교수 이전에 경제학 박사학위를 따고 그리고는 연구소장을 현직으로 그의 아들이 치과의사, 딸은 기자 그렇게들 살고 있는데 영이 너 연락을 좀 하자 하는데 불교계 고은 시인을 내가 얘기했고, 오빠는 한겨레신문 기자를 좀 알아놓으라 한다. 그러겠다 했는데 한자리에서 말을 진행하다가 영이가 맘에 든다 해서 그 대목을 얘기하니 종정(혜초 대종사님)스님 말씀이 아! 그렇게 공부를 한 사람인데 하며 증험(證驗)을 하신다. 당신도 그렇게 느낌을 표현 그 사람 사람마다에서 지닌 기운을 그대로 느끼는 것이 진리라 그때마다 희열을 느낀다.

그러기에 더 진솔하게 진지하게 더 짚어보고 하는데 재미가 있다. 철부지처럼 세상물정 모르는 것처럼 물흐르듯 자연스러운 그런 것, 억지로 하려는 힘든 세상을 만들지만 않으면 그렇게 될 것이기에 그냥 그대로의 실체를 이물질에 묻지 않도록 하자는 것이 나의 소신이다. 내 영혼 유지에 대한 3대 목적이 있다.

내 영혼을 깨끗하게 둘째는 맑게 셋째는 가볍게.

앞의 둘은 홀가분하게 마음을 유지하는 것이다. 내가 불교를 배우고 알았는데 알았다는 것이 무엇이냐면 여기에 마음을 걸고 자기 자신이 길을 잃지 않고 정도로 가는 것으로 이는 자기만의 힘이 될 것이고, 그 힘을 넓혀 인식하고 세상을 전도되게 하는 힘으로 발휘 작용하여 그래서 좋은 향기로운 세상이 되도록 할 수 있다면 많은 이의 기쁨인 것이다. 이런 일에 자신이 선봉장이 된다면 그 얼마나 좋을까. 그 마음을 품고 지니고 느끼고 그것으로 보람을 느끼게 될 것이기에 삶이 정요로히 진지하게 되어야 할 것이다.

사소한 것 하나하나가 결코 작지 않고 그것이 아주 큰 데까지 영향이 간다는 것을 생각할 때 굳이 백 리를 가야 성공한다는 것이 아닌 십 리를 갔으되 어떤 자세를 갖추어 내면에 공을 얼마나 들였느냐에 주안점을 두어야 한다고 여겨진다.

삶에서 내세울 것이 없다며 외현적 간판을 지으려고 많은 데에 헛수고를 하고 피곤하게 엮어가는 세상살이는 이 시점에서부터라도 탈피하고 적나라하게 모든 이를 대하고 마음을 가볍게 유지해 가는 데 마음을 두고 살면 적어도 심경에 피로는 없을 것이며 진솔하게 살다보면 반드시 길이 보인다.

구시대적 발상이라 할지 모르나 지극히 기본 상식적인 것을 모르면 딴 무엇을 구하겠는가 할 때 절대로 구해지진 않는다고 본다.

기본자세가 안 되어 있는데 이룬 것이 장구(長久)할 수 없다. 허공에 집을 짓는 격이라고 본다. 도라는 것은 실로 그것을 말함이 아닌가.

어느 회상에서 다시 만날까

오늘 아침에 옛날 철없던 시절이 떠올라 한없이 그 시절이 그리워진다. 그 추억에 젖어 한없이 뜨거운 눈물을 흘린다. 언제 어느 회상에서 다시 뵈올까. 화현으로 오신 그 분들의 만남의 지난 세월에 빠져 그칠 줄 모르는 눈물에 가슴이 무겁다. 또 만나야 해가 나의 간절한 염원이다. 물 흐르듯 자연스런 그 분위기에 순응 시간의 흐름도 초월한 듯. 내 몸은 허공을 나는 듯 환희용약 그 자체였다. 내 마음 속에 그 분위기가 하나가 되어 내 마음에 푹 빠져 그 무엇도 어려움이나 고난같은 것을 느끼지 못하고 혹여 주위에서 내 모습에 저렇게도 재미있게 잘 살아갈 수도 있을까 하는 눈초리에 모든 이의 눈길을 끌 만큼 온통 내 세상이나 건방지게 말 한마디라도 넘치거나 무관심을 자아내는 그런 마음은 더욱 아니지만 내 몸은 결코 내 일신의 내 몸이 아닌 누구한테 나도 이바지할 수 있는 일이라 생각이 오면 즉각 행으로 표현되면서 밝은 세상이 되는 데에 적지만 일조를 할 수 있다는 게 그 마음의 자세였다.

몇이서 만나든 자연 발생적인 그 자세는 많은 이로 하여금 세상 어디에도 맛보기 힘든 그 마음. 내가 내 자신을 관찰하면 참 재미있었다. 순간순간마다였고, 촌각이 무심코 지날 때가 없이 다 시간 감각도 없고 계절에서 계절로 넘어가는 그 시절이 감각이 늘 즐거움으로 환희심이 점철된 그 시절이었다. 게으르지도 무관심으로도 전혀 아닌 그런 분위기가 지금도 나를 가슴이 울렁댄다.

얼마나 환희심 그것은 나만이 누릴 수 있는 영광이었다. 불가침의 영광 감히 누가 넘어다 볼래야 넘어다 볼 수 없는 그런 세상을 영위하고 살아가는 자세를 늘 관조해가며 삶의 희망에 젖어 보통사람들의 영위하는 세상에서 나의 세상을 감히 맛볼 수 없는 나의 그 세상을 잘 지탱해 가고 있다.

그런 환희심 속에서 한 순간도 한 가닥도 진심으로 더 값진 그것을 잘 지탱해 가는 내 모습에 즐거움을 즐기며 생명의 유한함에 서글픔을 갖기보다는 무한한 내 영혼에 때묻지 않게 역경 속에도 앞길이 잘 열리는데 주력하는 역점을 두고 살아가는 게 소신이다.

무한의 세계를 장엄해 가는 데에 주력을 하면서 마음가닥을 놓지 않으려는 그 한 줄기가 나의 최대의 장래이며 희망줄이다.

여기에는 희망의 줄을 놓지 않으려는 내 영혼 속에 잘 담겨있는 좋은 숨, 좋은 인연 그것이 뿌리가 되어 나를 그런 분위기로 싹을 틔운 것이라고 볼 때 막대한 큰 은혜의 배려 속에 흥에 빠져 일상적으로 흔히 느끼는 피로감 같은 것은 내 세상에선 능히 감내할 수 있는 큰 능력을 발휘해 가며 살았다. 피로를 즐거움으로 승화시키는 상상을 초월한 그런 세상을 영위해 왔던 지난 세월. 하기야 그러니까 지금도 그 정신 속에 이상을 실현시키며 살아왔고 살아가고 그 즐거움 환희의 세상으로 맛을 즐기며 살아간다. 과거 큰스님네의 모습을 간직하고 상기해 뵈옵지 못하는 지금의 안타까움. 말은 깊은 말도 마주하고 가진 시간도 별무였으나 간혹 말씀 중에 한 마디씩이 그 분들(금탄, 범준, 송은영, 안덕암) 대덕스님네의 인품을 지금 늘 느낌으로 뵈옵는 마음으로 어느 회상에서 만날까 전생에 어느 회상에서 같이 공부한 깊은 인연이 작용하여 금생에 나의 큰 많은 영향력을 행사하셨을까 생각할 때 은혜가 지중하기 짝이 없다.

청민스님 말로는 법준스님 같은 큰 스님이 드물다. 그의 말에 따르면 넌 그 분께 그렇게 할 만해 소리를 한 바 있다.

무겁고 점잖으신 그 속에서 나에게 깊은 뜻을 전달하기도 하셨지만 떠나신 지 10년이 지난 지금도 그 깊은 마음을 난 누렸을 영광이 그지 없이 황감할 뿐이다.

그로 인한 송은영 스님은 말할 것도 없는 믿음을 능력을 키워주신 그 마음을 느낄 때면 참 더없이 훌륭한 분이시다.

더욱이 이긍탄 스님은 육이오 전부터 어머님과 불공다닐 때부터 동행 그때의 인상부터 내 영혼 속에 각인되신 분이나 마주 대한 적은 별로 없지만 전체적 기류에 여론에 휩싸여 나를 챙겨주신 그 세 분 큰 스님 한 분 한 분의 나에 대한 관심 애호 믿음 그 총애를 받으며 난 내 자신이 그 분들의 희망이라고 여겨왔다.

내가 대중 속에서 탈퇴할 때도 내 위층 스님 모두들께 내가 탈퇴한다. 피력 1년여 고심하며 장래를 계획하며 설파할 때도 물론 모두 섭섭해 했고 아까워했지만 탈퇴하는데 큰 이유를 모두 공감하기로 그뿐이랴 너는 능히 어디든 누구하고든 세상을 잘 헤쳐갈 거라는 믿음이 있는 한 오히려 나의 선택에 다행스레 환호를 준 편으로 반대로 네가 판단 없이 네 소양이 그렇듯 원만한 표현으로 굳이 대중 속에 묻혀 있다면 대중은 아픔을 장래가 보이지 않는 그런 생을 누릴 것에 대한 아픔이 됐을 것이다. 그러나 사람 사람이 소양이 있듯. 그보다 더 깊은 철통같은 분위기라도 나를 아는 이는 무서울 게 없는 사람인걸 아는지라 그렇다고 나라는 사람이 안하무인식의 삶은 나와 길이 다른 고로 융화 잘하는 성격 오히려 손해를 보고 말지의 선택을 끝으로 혼탁한 세상 영위는 아니올시다로 너무나 그 많은 대중이 성격을 잘 파악하는 바로 편한 세상을 영위해왔다.

그런 세상을 그런 분들을 계속 이어가면서 그 분들을 내 곁에 모시는 마음으로 내 마음을 그 자세로 꾸려가는 보람으로 살아간다.

뿌리가 독하면 나무가 살아갈 수가 없다. 생존이 불가능할 것이다. 그렇게 볼 때 역경을 헤쳐올 때도 겪을 건 다 겪어야 된다는 것이 나의 소신이고 갈 때까지 가자는 게 깨달은 이의 길이라고 볼 때 거역은 없었다. 순응하고 가되 잘 가자의 뜻으로 여기까지 왔다.

오늘은 대덕 스님들의 나에 대한 향념을 느끼면서 얼마나 그리움의 뜨거운 눈물을 흘렸는지 다시 세상마다에서 만나 뵈어야겠고 그런 세상이 되어지기를 염원하는 마음을 표현해 보았다.

大宗師 안덕암 스님께서는 내가 집을 짓고 입주할 그 때 경제적 힘이 되었지만 그보다 더한 것은 매달 법회를 주도해 주셨고 모든 것이 스님을 벗어나지 못한 채 생을 주도해 주셨다. 그 연세에 연합 법회에도 잘 나가지 않으시는데 법회를 열어라 내가 해줄 것이다.

당신이 못 보시게 된다면 상수제자인 태고종 종정이신 혜초 대종사께서 법회에 법문을 주도해 주시곤 했다.

아마 이 세상에 그런 혜택을 받은 이는 나빼곤 어디에도 둘도 없
는 큰 혜택을 받았다. 고로 내 자신이 위축도 없고, 자신감에 찬 세
상에 있다. 다 내 세상으로 그렇게 오늘에까지 온 원천의 힘으로 잊
을리 만무하다. 하나서 열까지 여기 아파 저기 아파한 바 없었어도
대종사 안덕암 큰 스님은 알아 느끼시고 힘이 되어 주신 큰 부모님
이시다.

그에 앞서 朴大輪 대종사님은 나에게 가사를 여름, 겨울 것 모두
하사해 주셨고 문중회의 때도 법륜사에 참석토록 어른스님네 가실
때 데려오라 해서 참석키도 했었다.

뿐만 아니라 널 자주 봤으면 좋겠는데 자주 오지 않는다고 하시면
서 일주일에 한 번씩 법륜사에 오라고 깊은 관심을 표현하시기도 하
셨지만 윤종근 스님과의 만남 역시 뿌리가 그 인연으로 발생하였다
는 것을 볼 때 아주 거목 뿌리임이 나를 감동케 한다. 단순히 금생에
만나고 금생에 헤어짐으로 끝나는 그런 인연들이 아님을 생각하면
감동 그 자체다.

그로 인해 내 절에서 보살계 설판을 하는데 박대륜 대종사님께서
우리 연화사 절까지 크나큰 선물을 겸해 당신 제자 정암스님을 동반
해 나한테 큰 힘을 실어주신 점, 이런 모든 현상이 어마어마한 회상
이 이루어졌을 것으로 볼 때 윤종근 스님 만난 덕으로 하여 대덕 종
사님들의 한 마당 회상을 이루어 나의 원을 풀어냈다. 다시금 느껴
보지만 제이의 세상은 큰 남편 윤종근 스님의 덕으로 좋은 세상, 장
엄하고 내 뜻을 반영해 가는 그 세상은 참으로 영광스런 나의 세상
이었다.

청렴하고 말없고 점잖은, 이상의 인물로 선택한 그로 인한 세계는 나의 세상에서만 있는 영광으로 말할 것이 없는 상대로서의 인물로 큰 깨달음의 세상을 만들게 해 준 당사자이다. 이런 영광스런 세상을 누린 나에게 바람이라고 한다면 세세생생 금생같은 생만 열리기만을 기원할 뿐이다. 근신하고 평화로운 기운 유지하며 지속적인 정진 놓지 않으려 한다.

　또 발원하지만 지금 거명한 대덕 종사님들의 만남의 회상이 이루어지기를 간절한 마음으로 염원하면서 글을 마감하고자 한다.

불상 탱화에 대한 기록

　신라시대 목불로서 석가모니 불상과 고려시대 탱화 상단후불 신중칠성탱화 3점, 조선시대 산신 독성탱화 2점이 그것이다.

　불보살님을 모실 때도 윤주지가 세상을 뜬 뒤에 내 생전에는 마음껏 모실 수 있다고 생각했고 나만이 알고 있는 일이지만 문화재 도적단들이 어린 남매는 아무것도 모르고 자는 동안 나만 때려 눕히고 車를 갖다 대놓고 불상이니 탱화니 싣고 도망치면 나 혼자 막아낼 길이 없어 모시는 동안도 늘 파출소 전화번호를 손쉬운 곳에 붙여놓고 나 혼자만 알고 만반에 대비하고 하룻밤을 마음 놓고 깊은 잠을 자 본 적이 없었다. 문화재 관리국에 등재해 있거니와 만일 도난 시 도난신고를 해야 하고 검찰청에 불려가 조서를 받고 하는 번거로움이 있거니와 그에 앞서 모신 제자로서의 도덕적 책임과 양심적 사명의식에 아차하는 순간에 잘못을 생각할 때 아찔하기도 했고 또 거룩한 부처님으로 인한 책임 못 지는 삶을 살아선 안되겠다 해서 굴레에서 탈피하고픈 마음이 일었다. 일각에선 윤주지 문도들이 뭐라 해도 반듯하게 선암사로 모셔드려야 할 분이기에 중도에서 엉뚱하게 문도 云云해서 그렇게 흘러가도록 처리하는 일은 없도록 하는 것이 내 도리였다.

우리 절에서 공부해 사법고시에 합격한 사람이 있다.

우리집 처지와 환경을 잘 아는 이다. 그 불상을 선암사로 모셔간 후의 일이다. 왜 큰 절에만 그 부처님을 모셔야 되고 내가 모시면 안 되는 부처님이 어디 있냐고 불평을 토로한 적이 있지만 그런 마음은 추호도 없다. 난 거룩한 부처님 덕에 신심을 굳게 가져왔고, 그 힘으로 불전에는 누구보다 진정한 정진을 해왔다.

자신이 천언을 만이 만설을 해도 꿀릴 게 없다. 주관이 뚜렷했고, 눈치보고 모신 부처님이 절대 아니다. 잘 모셨고 원만회향함에는 마음이 편하다.

세간에는 살아가면서 물질적으로 있다 없다를 거듭해가며 사는 것이 누구나 겪는 환경이고 출세간 법을 아는 나로서는 그만하면 잘 이겨 왔다고 믿어진다. 후문에 안 얘기지만 선암사에서 불상을 환원해 모신 것은 대단한 결단이라 후한이 없다. 또는 특별한 뜻은 없다. 단지 윤주지 잘 살고 간 뒤를 더럽히지 않은 것만으로 원만회향으로 판단된다. 거룩하신 불상답게 모신 이에 도리를 다하려고 의식에 임하게 되면 최상의 의식과 자세로 임하곤 했다. 그것으로 만족을 삼기도 했다.

편중된 분위기 친소가름

느닷없이 "계 받을 사람 있나?" 지하 찬간에 대고 물어보는 말이다. "나 있어" 하니 "가사장삼 가지고 선불장으로 계 받으러 와" 한다.

삭발 당시에도 행원 숭산스님의 영향력이 컸다. 내 마음 속 깊은 곳에 계는 행원스님한테 받을 것이다 한 것이 입산한 지 삼년이 흘러가도록 수계를 못 받았다. 그러던 차제에 귀가 번쩍 띄어 그 때부터 덕암 대종사님과의 인연이 개시된다.

돌이켜 보면 새벽 예불과 방선 끝에 각 방 주장스님네의 행사에 대한 일차 회의가 그곳에서 열린다. 그런데 우리 방에는 계를 받을 사람이 분명 없다고 언급을 했을 것이다. 그런데 도명스님이 지하 찬간에 대고 묻는 바람에 내가 걸려들게 된 것으로 그 때부터다.

사숙이 독이 올랐다. 난 무관하다 생각하고 태연하다. 우리 당만 유별하게 이질감을 느끼게 하고 대중이 불편한 상대의 대상으로 그렇게 살아가는 분위기다.

물 위의 기름처럼 흔히 사용하는 말이 빨갱이라고들 한다. 고질적 병적 존재로 화합을 안 하기도 하고 못한다.

자기 가는 길은 옳고 대중이 가는 길은 모자라고 무식하다 단정

내리고 자기 나름대로 기준이 있다고 굳건히 가는 데 아집이 하늘을 찌른다.

잘 알고 잘 배웠다는 게 친소를 갈라놓고 제 상좌에만 이롭게 하는 처신 그게 무슨 그런 대중이 있고 수도하는 도량이 여러 대중의 희생을 요구하는 발언은 거침없이 하고 강압적이고 그것이 자기네 바라는대로 돌아가지 않을 시 호통이 여간이 아니다. 삼삼오오, 수군수군 무슨 특권인양 불호령이라니 누굴 기를 죽이겠다는 오만불손 무법도량이지 수도수량은 아니다.

당신 상좌 앞에는 편중된 이권행사에 눈 멀어 같이 성장한 말이 조카지 장조카도 몇 십년 후배인 새중도 당신 상좌 앞에는 선배 대접이 통하지 않는 대중이 무슨 수도수량인가. 40명 대중이 한 스님 제자를 위한 생활이 된다 해서 누가 반기를 들 수도 없는 철통같은 장벽을 허물 사람 아무도 없다. 그 대문 밖의 대중은 이백여 명 대중이 안중에도 없는 대중으로 진정 도외시하고 사는 게 그들의 관념이다. 세속보다 더 탐욕스럽게 얼굴은 철판을 깔고 수치스러움도 양심에 가책도 없는 전무후무한 생활을 꾸려가면서 강요당하는 40명 대중은 그걸 허물고 개선할 의지는 커녕 마냥 당해주고 살아간다. 탐욕에 불타는 마음을 갖고 말은 참수도인으로 위장, 결국은 그 제자들에게 세습적 상속을 해주고 그런 대중은 눈뜨고 볼 수 없는 그런 도량이 되고 말았다.

근본이념이 통하지 않는 자비도량이고 실천해야 자비지 욕심 채우는 도량은 껍데기만 삭발하고 먹물옷 휘감고 살면 자비심이 담기는 게 아닌데 휘황찬란한 장엄의 말 무성한 말은 말로 그치고 마는 말을 매일 연발하면 대중이 분노하는 면벽심에 빠져 판단력 없는 대중을 혼자 만들어 놓고 엉뚱하고 컴컴한 강변만 매일 쏟아 붓는다. 판단 없어 그냥 마냥 듣고 있는 게 아닐진대 자기 마음 관찰 못 하는 사람이 남을 관찰할 수 있겠는가. 성장과정이 내 부모 밑에서 정상으로 못 큰 데 기초를 둔 원인인 것 같다. 복수심에 불타 워낙 세속적 안목을 껴안고 출세간법을 배우니 배우는데 끝이지 실천과는 거리가 먼 세상이다.

말로만 성불, 말로만 평등, 평등은 차별이 없는게 평등이요 등급이 없는게 평동이요, 원친이 없는 게 평등이요, 친소가 없는게 평등이다. 진정한 출가의 뜻은 저버린 채 분명한 친소를 선을 그어놓고 천언만설을 동원해 화합대중 원륭대중을 외치면 듣는 사람은 머리가 없는가?

하나도 대머리는 없다. 사필귀정으로 우주가 정확히 판단해 주는 세상이다. 수많은 세월 소비하여 경보고 법문 듣고 허수아비짓 하며 살아가는 그 속을 남은 속까지 들여다보고 알고 있기만 하겠는가? 비탄한다. 자각 증세가 없는 것이 큰 문제다.

나머지 대중은 넋놓고 평등하고 열린 마음으로 그 사람들은 어디가 모자란다는 건가? 적어도 실천하는 생활이 돼 있다는 것이다.

좌 부동이라고? 이 무언고?

자기 자성을 보면 끝이 아니고 전부가 아니다. 실천이 없는 견성성불? 이 생각이 세상을 요동치게 하고 오염시키는거다. 자기 스스로 비참한 길을 만들고 스스로를 몰입해 가는 길을 어찌하랴.

수행이 길이 아닌 명실 나란히 겉모양은 헛것이고 세상을 극락으로 장엄하는 실천 알맹이가 없으니 종교인의 사명은 거리가 멀다. 덕암 대종사님께 계를 받은 이후 계속 독이 올라 있다. 내막은 이런 환경 속에 멋도 모르고 빠져 있었던 것이다. 난 잘못한 것이 없으니 태연하다. 너무 자연스럽다. 구애도 없고 자재로이 평화스럽다.

누구에게 구애받고 눈치볼 것도 없이 재미나게 생을 꾸려간다. 자기 소양이 그 뿐인 걸로 치며 살아간다. 우러러 볼 건더기가 없고 내 자신의 성실의지가 전부이다.

항상 내 마음 길을 잘 꾸려가는데 뭐가 어떻게 돼서 내가 못마땅하다고 나에게로 다가와 말로 표현은 감히 못하는 걸 보면 만만찮은 상대이며 잘못 나를 대하면 큰일날 걸로 아는지 표출은 아예 없다. 상대가 나에게 주저없이 말하고 시비 대상으로 삼지 않고 주저하는 상대로 여겨 크게 놀랐다. 눈치 볼 것은 개뿔이다.

나의 생에 누가 감히 어떻다하고 지적 내지 시비 따위는 내 생애엔 상상도 해보지 않았기 때문인 세상이 다 내 것으로 살아왔고 지금도 그 정신엔 변함이 없다.

대중 재물이 제 개인 재물인양 제 상좌들에겐 제 맘대로 처리하고 사는 승려이며 엄청난 범죄를 저지른 인물임이 그대로 펼쳐졌음이 증명됐다.

대중은 다 평등하고 자비심으로 그 재물을 운영하는데 무식하고 어리석고 주저없이 판단 행사한 나머지 종국에 그 대중에게 버림받은 역사를 만들어 참회하고 밀고하는 형국이 벌어졌다는 말을 들으니 참 세상은 무심치 않다. 사필귀정이고 인과는 응보라, 시주의 재물은 성스럽게 보여져야 되고 의롭게 쓰여져야 되고 살리는 데 앞장서서 바르게 쓰여져야 하는 것인데, 양심을 수호해야 하고 도덕을 지켜야 할 종교인들이 잘못되니 수치심은 커녕 본분도 모르는 그들에 의해 바르게 쓰여져야 할 시주의 재물이 사사롭게 낭비된 것이다. 종교인은 떳떳함에 부응했다면 잘 살았다고 본다.

그렇게 특권에 따른 재물을 취한 오판이 부른 결과는 패망으로 점철된 생으로 열려 보이지 않던가.

종교인이라는 큰 명제를 생각하면서 자기 스스로를 탐색하는 양심 소유자가 되어지기를….

일본스님과의 불상관계

불상관계 부처님을 모셔간 줄 알았는데 길상사에 부처님이 모셔져 있고 하니 연화사 신도님네가 법회에 오신 거다.

그리하여 나를 더이상 대전으로 가지 못하도록 열가심 회장 보살님이 댁에 붙들어 놓고 부처님 되모시도록 얼른 도량 마련해 다시 만나도록 종용해 자연스레 만나게 된 것이다.

집을 정릉에 마련하고 봉불식을 해야 하는데 문제가 생겼다. 일본 친구인 스님이 전후사정 얘기를 듣고 불상을 되모셔 오기로 합의를 해놓고 일본에 들어가 나오질 않는다. 보살님만 내보내고 이 핑계 저 핑계 해서 차일피일하다 봉불식 날은 이미 다가왔고, 일은 정지된 상태였다. 그날은 일본서 정말 스님이 온다는 날인데 역시 보살님만 한국에 왔다. 밤늦게 윤주지가 귀가하는 모습이 고개를 숙인 채 맥이 없다. 나는 또 알아챘다. 잠을 자고 열가심 보살님을 오시도록 해. 나를 불러놓고 주지스님 말씀이 회장님 저 사람을 데리고 일본 보살님을 같이 만나도록 하시오. 저 사람이 혼자가면 싸울 수도 있으니 동행을 해주시오 하신다.

열가심 보살님이 그렇게 하겠다고 흔쾌히 승낙을 하신다.

음력 유월이라 퍽 더울 때다. 작은 놈 등에 업고 일본 스님댁에 갔다. 내가 올 줄은 상상도 못했을꺼다.

기봉당 말만 믿고 있다가는 일본 스님이 내일 온다. 모레 온다 하는 게 약속날에 불상을 모셔오지 못한다.

기봉당은 제이 무진으로 자꾸 미룬다. 그러기를 수차 미룬 터다. 주지스님 향해 못 모셔오는 이유가 뭐요 나온다던 일본 스님은 아니 오고 상대도 안 되는 보살님만 한국에 내보내고 회피하는 것 같아 내가 전면전을 펴야겠다고 하니 그 보살하고 싸우게 되니까 가지 말라는 거다.

애들인가 싸우긴. 나대로 생각이 있으니까 내가 하겠다 하니 주지스님 말씀이 열가심께 동행을 해주길 청원한다. 회장님 그러겠다고 같이 나섰다. 6월 폭염에 하나는 등에 업고 3살 인경은 걸리고 하여 일본스님 자택을 방문하니 아이구 사모님 왔다며 반긴다. 회장님 응시하고 묵묵히 계시고 마나님을 마주 앉아 단호하고 간결하게 내가 묻는다.

일본 마님이 듣고 있다. 내 알고 싶은 것이 있어 왔소이다. 몇 가지 물어보겠다. 기봉당이 불상에 대한 조건으로 일허스님 돈을 쓴 일이 있는가 물으니 아니라고 한다.

매불 약속을 한 바 있는가? 하니 없다 한다.

이 두 가지 확실히 하고 가는데 불상은 내가 모셔가니 그리 알라 하고 왔다. 열가심 회장님과 그 더위에 갔는데 그도 감이 이상한지 굳어서 찬 냉수 한 그릇 없다. 바로 와서 결단을 내린다. 소창 명다리 車 인력 준비를 마치고 교육을 시켰다.

절에서 하는 일이니 성의를 갖고 조심해서 잘 모시고 불상이 천년 목불이시니 건조해 자칫 잘못으로 어디 하나 절단되면 그 죄를 어찌 하리 싶어 이사할 때 주의를 어찌 말로 다하겠는가. 수고하는 이의 일당은 곱으로 준다 하고 천천히 산꼭대기에서 주차장까지 내려오면 차에 모시고 車는 서행으로 운행할 것을 그리고 2차는 열가심 회장님이 타고 우리집으로 먼저 가시도록 해 놓고 나는 최후 마무리를 짓고 뒤에 출발하기로 짜고 새벽 6시에 출발 인부 등 6명이 도봉산 길상사행을 하고 주차장에 내려 길상사에 오르니 길상사 지키는 처사님 이북말로 깜짝 놀라 인사하고 공양주보살 반갑게 인사해 맞는다. 법당문을 열고 탁자에 올라 부처님 감실을 돌려 내려 소창 명다리로 가마줄 엮어 남자 몇이서 모셔 내려가기 시작한다.

공양주가 스님 자택으로 전화를 해 기봉스님 사모님이 부처님을 모셔간다. 알리는가 보다. 그러더니 날더러 전화 받으란다. 난 얘기는 어제 다 끝났다. 할 말 없다. 거절하고 주섬주섬 법당 앞에 챙겨 놓고 열가심 회장님께 내가 먼저 불상 모시고 갈테니 회장님 마무리 보시고 뒤에 오시도록 하세요 하니 그러라고 하신다.

내가 부처님 차를 타고 출발하니 가슴이 후련하다. 그 후 한 시간이 훨씬 지나 나머지 식구들이 두 차례 나누어 타고 오니 열가심 회장님 왈 주지보살 대단하네 일본 마님과 부딪치지 않게 먼저 잘 왔다는 말씀이시다. 주지스님이 장가간 뜻을 알겠다고 하신다. 젊고 예뻐서 아들이나 낳을까 해서 결혼한 줄 알았더니 해결도 잘하고 주지스님 못 이룬 것 주지보살이 다 채워줄 것을 알고 주지보살을 택했다나. 주지보살에 만족으로 자기 만족을 삼고 그렇게 만족해 하신다. 미루기만 했던 봉불식을 마치고 정상적인 생활에 든다. 그 후 한 달 뒤 선암사에서 주지스님이 왔다. 대문을 열고 들어오시는데 희색이 만면한 그렇게 편한 색이었다.

도봉산에서 부처님 모시고 하산하던 날 새벽 5시에 덕암대종사께서 전화가 왔다. 큰일났다는 말씀이시다. 내용인즉 일본에서 일허당이 전화가 불이 난다. 불법가택 침입죄로 형사고발 한다고 그래서 덕암대종사께서 겁이 나고 걱정이 크시다 하신다.

그리되면 기봉도 망신당하고 일허당도 망신당하고 결국 불상은 검찰청으로 모셔가게 된다나.

스님 말씀이 그래서 일본에 달래고 있는 중이라고 사정을 했다 하신다. 그 말에 스님 또 전화오면 하고 싶은대로 해라. 형사고발을 검찰에 하든지 맘대로 하라고 하세요. 그러면 되겠니? 그럼 네가 하라는대로 하겠다 하신다. 그래야 일허당도 돈 좀 있다고 안하무인식의 처신을 한 것은 용납이 안되고 기봉당도 망신을 당해야 한다. 마무리도 못 할 것을 왜 도봉산에 모셔놓고 처분만 봐. 권리주장을 해야지. 그리고 불상을 내가 못 보시면 검찰에 가더라도 일허당에 물려서 행사하지 못하는 것 보다 나으니 잘 됐다고 하며 스님 맘대로 하라고 화를 내고 전화 끊으세요 하니 스님 왈, 네가 하라는 대로 하겠다 하신다. 그리하니 전화가 오지 않더라고 하시며 홀가분해졌다고 하신다.

노력하는 사람은 즐기는
사람을 이길 수 없다.

노력하는 사람은 즐기는 사람을 이길 수 없다는 말을 듣고 어떻게 저리 젊은이가 깨달음이 있는 말을 하는 것을 보고 크게 놀라웠다.

그렇다. 과거 일찍이 경험해 본 일이고 그 뜻을 그 시절을 상기하게 되면서 늘 떠올린 그런 것이다.

기본이 되어있지 않은데 남이 월등히 잘하는 것에 대한 나도 할 수 있다. 자신감에 차서 노력하는데 대한 결과가 나타나지 않는데 삐그덕대가며 억지로 자아내는 모습이 보는 이로 하여금 염증을 느낄 정도로 자신은 노력했으니까 인정받고 싶은 마음에 차 노력의 끈을 놓지않고 계속 줄기차게 살아가는 모습에 주위에서 말은 없지만 달갑게 보아주질 않는다. 또 한 가지 즐기는 사람을 보면 공과 사의 구분없이 모든 이에 유익하다 판단되면 자기 뜻을 바쳐 봉사를 하게 되는 모습 그것이다. 억지로 자아내는 前者의 모습은 인정받기를 목표로 자아내는 행위고 後者는 취향이 있고 타를 위한 도움에 내포된 행위고 따라서 봉사도 되지만 주변의 환경에 크게 이바지하게 된다

는 대의정신이 있기로 나를 위해 노력하는 것은 말하자면 이기심에
차 표출하고픈 그렇다고 소승적 차원을 벗어나지 못한 뜻이 누가 보
나 그렇게 인식이 되어있다.

後者의 행위에 대하여는 차원이 다르다. 폭넓고 깊은 뜻을 가진
소유자로 피로를 생각할 겨를 없이 주변의 정리정돈함에 있어 누가
할까에 마음들 겨를 없이 자연발생적인 행위가 이루어져 주변이 불
편함을 느낄 수 없도록 자신이 몽매(蒙昧)하지 않은 이상 능력발휘
로 안락하게 분위기 조성이 되는데 대한 주변 인심 또한 무심치 않
다. 어딜 내놔도 저 사람은 자기실력을 십분 발휘할 수 있는 능력자
로 인식이 돼 있다.

참으로 대승적 차원에서의 행위인 것이다. 단순 노력을 하는 자
는 자기 집착을 내보여 주는 행위일 뿐 자기 외에는 아무런 영향 없
는 행위이므로 소승적 차원으로 아집에 사로잡혀 남을 배려하는 성
향이 전혀 없기로 단순히 노력결과를 과시하는 데에 급급할 뿐이어
서 즐겨서 혼신을 던져 하는 이와는 차원이 다르기로 노력만을 위한
소질유무에 대한 파악도 못한 인물로서 객관적으로 관찰하는 바로
는 보여주기 행위에 그칠 뿐이다.

주변에 노력하는 이의 행위는 피로감만 줄 뿐 감응은 전무하기에
반응 역시 없는 듯 했다. 공감이 없는 행위, 보여주기에만 주안점을
둔다면 보기는 하지만 안 본 것과 매 일반인 것이다. 겉으로는 잘나
보이고 본인의 생각이 굳어버린 좀 더 호전적으로 공감을 얻을 수
있는 일상이 되어서야 보이고자 하는 발상을 내지 않는 것보다 인위
적 행위가 감점이 될 수도 있다고 본다. 본디 성향이 자연적 행위는

엿볼 수 없는 인정받지 못한 인물이어서 어떠하든 자기 행위를 표면화 하는 데에 역점을 둔 행위로 보여진다.

평균적으로 보통 이하로 생각해 왔는데 제 생각과 달리 열어 보이는 모든 것이 눈에 띄게 월등히 잘하고 나아가는 이를 염두에 두고 계획적으로 눈길을 끌 수 있는 분위기 조성에 온갖 공을 들이지만 들은 사람이나 본 사람이 나가 공히 안보고 안 들은 걸로 일관 무관심으로 그를 대한다. 인간적이지 못한 것이 주 원인이다. 자기 위상을 기본으로 잘하는데 인기가 없다. 본성이 얕고 깊은 데가 없다. 수선을 떨어서 주목을 받으려고 애쓰는 모습이 안쓰럽다. 본래 주관적 성향으로 남을 경멸하고 제 하는 일에 치중할 줄은 모르고 뭐 하나 해서 이목을 끌자는 헛된 꿈으로 살아가는 이가 인정에 굶주려 타인을 제압하고픈 얕은 마음에 모든 행동에 깊이가 없다.

後者에 예를 보면 누가 아는지 마는지 주변 인심에 관심이 없다. 진실로 깊은 마음속에서 일어나는 생각이 그를 빠져들게 한다. 빠져들어서 즐긴다. 즐겨하는 모습에 모든 이가 공감을 하게 된다. 더불어 소통도 가능하게 한다. 자기를 잊고 하는 일에 몰입하는데 대한 그 영혼이 안식을 즐기고 피로도 잊은 채 시간 감각도 잊게 되며 삶에 활기를 얻어 노력을 승화시키는 즐거움에 푹 빠져 자기를 통째로 바친다.

이 얼마나 아름다운 것일까. 돈 주고 사려고 해도 그러한 보람은 없고, 방방곡곡 눈을 크게 뜨고 찾아봐도 그런 즐거움은 없다. 행복은 밖에 찬란한 꽃을 보고 느낄 수도 있겠지만 자기자신을 떠나서는 밖에서 행복을 찾을 수 없는 이치를 깨달아야 할 것이다. 자기자신을 외면하고 남의 눈을 의식해 보여주려는 욕망과 욕심, 이 모든 헛된 꿈에서 벗어나 내가 처해 있는 그 곳에 마음을 바쳐 전념하고 그 일을 해결해 나아감에 고통이 물론 수반되는데 그 고통은 장래 만드는데 목표가 있다는 점에 주안점을 두고 맹렬히 내 몸이 부서지는 한이 있어도 절대 포기는 없다는 굳은 마음으로 줄다리기를 할 때만이 길이 보이기 시작하는 깨달음이 있다. 깨달음이 있을 때까지는 갈 때까지 간다의 각오와 결의 이것이 좋은 열매가 될 것이다. 마음 깊이 느끼고 즐기면 성공할 수 있게 되는 것이 세상이치다. 사람을 누가 이길 수 있겠는가. 마음이 절박하면 행동으로 이어지는데 깊은 마음에 표출로 인한 감응이 있게 되니 성공 못할 이유 또한 없다.

노력하는 사람은 즐기는 사람을 이길 수 없게 되는 이치인데 後者의 깊이를 보면 감동을 자아내지 않을 수 없다. 자기자신을 이겨내고 승화시킨 능력이 세상을 바꿔놓게 된다.

머리만 갖고 노력한 자와의 대비가 확연하다. 마음 속 깊이 저 영혼으로 느끼고 행동하고 미쳐서 빠져서 결국 자신을 이겨낸 것이다. 그러나 아무리 이 좋은 이치를 앞에 갖다 놓아줘도 자기 스스로가 느끼고 깨닫고 피나는 노력이 없으면 종일 쉼없이 걸어도 걷는데 그치지 마음속 깊은 속에 도달하지 못하게 되는 것이다.

大人과 小人의 차이로 보면 될 것이다. 한 도량에서 같은 지도를 받고 거의 같은 의식속에 살아가지만 小人배를 탈피 못하는 그러고도 수치심을 모르고 소리 높여 我相을 거침없이 보여주곤 한다.

모르면 조용히 겸손하기나 했으면 좋겠는데. 잘난 것도 없는데 세상을 요동치게 한다. 내가 가고 있는 이 길이 나로 끝나는 길이 아니다. 잘못되면 일파만파로 본보기의 뜻인 줄 안다.

전염병 퍼지듯 그런 표현들 자기 잘난 표현으로 착각 내지는 풍기 문란까지 몰고 가 전체적 기류가 파괴 양상으로 뻗어 나간다.

지도자의 말한마디가 본인줄 알고 악성 전염병의 일환으로 주변의 좋은 분위기마저 망쳐놓게 된다. 눈에 거슬리는 일은 아랑곳 하지 않고 자기 욕망에 눈 멀어 거침없는 행동에 눈살을 찌푸리게 한다. 세상에는 영구한 것이 하나도 없다. 어리석은 자의 생각은 세상도 전도시킨다. 결국은 자멸의 한계에 부딪혀 후회는 통하지 않는다. 시간은 멈춰주지 않는다. 왕성한 혈기에 젊어서 바른 의식을 자리잡아 놓지 못하면 장래도 그렇게 열린다.

세상에 대처하는 자세

으레히 고행이 먼저라는 자세였다. 빚갚는 자세로 세상을 관찰하는 마음. 이것을 외면하고 달리 방법이 없다.

정도를 외면하고 갓길로, 그곳은 반드시 주위에 눈치를 외면하지 않고서는 떳떳한 마음으로 갈 수 없는 것이 인지상정일 것이다.

시간과 정열이 동반하는 일이라면 좀 더 당당하고 자신감 넘치고 즐거움이어서 살아가는 마음이 밝을 것이다. 목전에 이익에 빠져서 체념을 스스로가 말살하고 사는 행위는 아마도 자신을 돌이켜 보건대 세상 살아가는데 첫째도 둘째도 금전이고 재물이겠으나, 그 속에서 자신을 혼탁한 세상에 끌려가는 양심부재의 체면 위상을 추락시키는 것임을 도무지 알지 못한 채 그렇게 흘러가는 데에 힘을 느꼈다면 한심스럽다고 아니할 수 없을 것이다.

양심을 수호해 가며 고난을 동반자와 같이 이러한 자세 그 속에는 참다운 인간에 삶을 영위해갈 수 있을 것이다.

자신이 자신을 귀하게 영위해 가는 능력을 가졌다면 그 얼마나 생에 가치를 느끼고 알고 잘 보존 유지해 가는 것이야 말로 삶에 보람을 느끼며 그 마음을 잘 사는 진정으로 잘 산다는 의미로 금전을 가진 마음보다 진정한 마음 그것은 세상에 모든 난관을 타개할 수 있는 실력을 발휘해 갈 수 있는 능력이라고 관조된다. 더 멀리 후에 다가올 아니 영생에 초석이 될 것으로 자기자신을 진정성을 다져가는 데에 그보다 더 귀할 것이 있겠는가 볼 때 그야말로 큰 재산이 될 것이다. 그렇게 자신을 다듬어 가는 마음에 기본 자세가 없이 살아가는데 급급 체면불구하고 안면몰수해 가는데 전 생애를 바쳐가며 살아가는 그 모습에 연민을 느끼기도 한다.

인간이 살아간다는 자체가 고생이다. 다만 시차만 있을 뿐 희로애락이 돌고 돌아 그런 속에서 지각이 생기고 경험속에서 다져가는 자신의 수양이 쌓여 가는데 희열을 느끼게 되는 것이다. 진정성을 외면한 채 남의 재물에나 관심을 가졌달까 그런 헛된 꿈을 꾸는 것은 그보다 더 우매할 수가 없을 것이다. 그런 자세는 자기 패망으로 이어질 것이다.

상대가 말을 하지 않을 뿐 그 사람의 소양을 다 알게 되는 것이다. 그로 인한 진정한 인간관계는 그것으로 끝장이 되는 것이다. 어떠한 고난환경으로 사람이 바뀔 때 그 사람의 장래가 만들어지는 것이 세상 진리다. 예를 들어 긴 터널을 지나는데 길은 오직 그 터널뿐 많은 이가 그 길을 피해갈 수 없다고 치자 그 터널을 지나는 자세 어둡고 까마득해도 고지식하게 조용하게 한발작을 뜻있게 갈 길을 다 가야 나의 고행이 끝난다. 빠른 체념 속에 진정을 다지며 진정으로 승화시킬 줄 아는 자신의 신념을 키워가며 걷는가 하면 그 사람은 진정한 맑은 세상으로의 향하는 그 마음이 즐겁고 즐거운 그 분위기가 터널을 빠져 나왔을 때의 마음이 자기를 기다려 주고 있을 것이라는 확고한 신념이 있었기로 맑은 세상과 그의 확고한 신념이 합일이 되어 좋은 세상이 그를 기다리고 있음은 믿어마지 않는 바이다.

함부로 능력있다고 세상을 향하여 목소리를 높이고 듣는 사람들은 시끄러워도 시끄럽다고 표현 못해주는 것 뿐인데 들어주는 것으로 만족을 삼고 들뛰고 날뛰는 모습에 환멸을 느끼지만 그 사람은 끝내 잘 살았다고 잘 살아간다고 그 마음속 깊이 즐거움에 빠져 살아가는 모습은 연민을 느끼지만 그 사람의 소양이 한계를 보여주는 대목이다.

한계는 자기가 만든 업, 자업자득이 남에게 선물할 수 있는 것이 아니고 선물로 받을 수 있는 것이 아니다.

타고난 지절과 기질이 혼탁한 현실을 착각하는 데에 주 원인일 것이다. 주변이 자기를 만든다는 말이 있듯이 환경이 사람을 만든다는 말과도 같을 것이다. 아마도 일부에는 해당이 되는 것일지로 모른다. 타고난 지절과 기질이 그 사람을 만드는 것으로 볼 때 세상은 자기가 만들어서 자기의 영역이 생기고 그 영역을 잘 보존 키워가도록 하는데 주력을 해야 확고한 영역일 수 있을 것이다. 남의 눈속임으로 내 것으로 착취한다든가 듣기 좋은 말로 사람을 현혹시키는 재주로 세상을 황당하게 한다면 그것은 모래로 성을 쌓는 것과 다를 바 없다. 허무한 생각이 허무한 장래를 만들고 거짓된 생각이 자기를 패망으로 몰아 갈 것이다.

모든 이를 장님으로 판단, 귀먹은 이로 판단, 이보다 더 어리석음은 없을 것이다. 그렇게 된 판단이 세상을 전도된 세상을 만든다. 그 전도된 세상에서 헤어날 줄 모르는 안타까움을 형언할 수 없는 그런 것이다. 그 전도된 생각이 因이 되어 역시 한 마디 한 걸음이 전도된 생각을 탈피 못하는 것이다. 그 때에 타고난 지절과 기질이 전생의 업보가 과보로 현상이 되어 보이는 것이기로 탈피 못하는 근본 원인인 것이다. 지절과 기질을 모든 탐욕에서 시기질투로 물이 들어 그 바탕이 이루어졌기로 자기의 절실한 참회며 독한 반성만이 그 뿌리를(잘못된 지난 세월 속에 지은 것) 근절하는 계기가 될 것이며 개척을 독한 마음으로 하게 될 것이다. 컴컴한 방 속에서 혼자 계획하고 자행한다고 누구 알 사람 아무도 없다 판단되어 거침없는 만행을 한다면 해탈의 힘, 함탈고취(咸脫苦趣)의 혜택을 받을 수 없을 것이다.

오늘 하루를 정도로 갔을 때의 내일이 잘 열리게 되고 오늘이 잘 못되어 갔을 때 험악한 내일이 열린다는 확고한 신념으로 행동해야 내일은 희망적으로 행복한 나날이 열릴 것으로 믿는다.

길

    길이라 하면 가는 길을 말하지만 내가 말하고자 하는 길은 인생행로를 말함이라.

    좁고 험한 길(6.25 끝의 사정 속)에서 탈피해 좀 더 높은 곳을 향하여 큰 물결 속에서 분위기 파악해 열심히 몰입하여 시간 가는줄 모르고 세상인심도 알려들지 않고 눈앞에 현실에만. 그러나 그것은 상상을 초월한 그야말로 내 혼신을 다바쳐 즐거이 임해.

    여타의 것은 생각할 여유를 누릴 새가 없다보니 어느덧 눈이 조금 열린다. 안목이 생겨 타인의 경계가 들어온다. 그제야 분별을 좀 하게 된다.

    그 때는 마음 먹기를 나는 저렇게 하지 말아야겠다. 되도록 모든 이로 하여금 혐오감을 주면서 자기 추구하는 바 이권에 탐착을 친소에 판가름을 눈에 보이기 시작한다.

    내가 맞지 않는다 해서 표출할 일도 못되고 합류하기 위해 생활방편을 위해 접어두고 말자고 생각했다. 이치는 아니지만 구태여 표출한다 해서 그것이 정상화되는 것은 아니로되. 그러나 판단이 선 이상은 합류의 뜻이 전무하고 대승적 입장에서 고찰해 볼 때 일각이 바쁘다.

일각이 영원의 시작으로 볼 때 갈등을 만들 이유가 없다. 세상살아 가는 가치관으로 볼 때는 심각한 일이 아닐 수 없다.

여론 수렴을 하려는 뜻에서도 그렇고 내가 과연 생각한 그래서 결단내린 모든 것이 합리적이냐 비합리적이냐 하는 것도 그렇고 대중의 일원으로써 볼 때도 그렇고 해서 많은 자리를 내 얘기로 분위기 조성하여 뜻있는 시간을 가졌지만 적중한 것 같은 마음으로 기울어 질 때 일각이 바쁘다. 허송세월은 용납이 안된다. 원인제공 분위기의 탓은 원초적 분위기이고 제이 분위기는 현실에 놓여져 있는 대승적 큰 틀에서 분위기를 읽어서 확인했을 때 제삼의 분위기는 내가 내 뜻으로 강하게 인생관을 갖고 걸어 왔다면 내 뜻으로 이미 개척해온 길을 과감히 행보를 시작할 때가 왔다. 누구의 조언도 판단도 이미 내 마음속에 확보된 행보를 시작할 때가 된 것이어서 분위기 가다듬기 작업에 다소 시간이 필요했고 그때부터 본격적인 의사 개진과 동시 독보적 길을 나서기로 결단을 내려 내 길을 간다.

내가 개척한 길이고 큰 길을 혼자 시작했지만 마음의 여유는 얼마든지 누려가며 많은 것을 얻었다. 얻었다는 뜻은 이미 지난 세월속에서였고, 내가 할 일을 볼 때 모든 것이 다할 수 있는 자세 그러면 준비는 특별이 없다.

물 샐 틈 없이 어떠한 사안이든 그대로 전부인 듯 미쳐서 빠져서. 그러나 편견이나 아집은 아닌 적극성으로 힘이 뒷받침돼 주저하는 마음없이 그렇게 재밌게 꾸려간다.

그 마음에는 금력이나 권력도 타의 추종을 불허할만큼 정열적인 삶으로 일각이 바쁘게 돌아간다.

한 생각 일으키면 그것이 현실에 적중했고, 남을 모방하는 태도는 내 사전에는 일찍이 없었다.

진심으로 모든 일에 임하게 되니 길이 보이니 따로 미리 심사숙고하고 그 길로 가는 길은 아마도 없었던 것 같다.

大田 대흥동의 최성훈이란 이를 만났다. 그가 한 말이 생각난다.

어떤 사람은 길을 가기 전에 미리 생각을 하고 가는가 하면 어떤 사람은 길을 가면서 생각을 하고 어떤 사람은 길을 다 가놓고 생각을 하는데 미리 사전에 충분히 생각하고 간 사람은 실패가 없고 길을 가면서 생각하는 이는 실패가 좀 적고 길을 다 가고난 뒤 생각하는 이는 성공할 수가 없다는 말이다.

나는 두 번째 가면서 생각하는 사람에 해당된다면서 듣기 좋으라고 하는 말인지 퍽 천재적인 사람이라 말한 것이 생각난다.

돌이켜 보면 참 맞는 말 같다. 왜냐하면 무슨 일을 계획할 때 현명한 사람들은 미리 준비를 잘 하더라며 나도 좀 준비 좀 해보겠다 해서 알음알이를 떠올린 적이 별로 없고 으레 즉흥적으로 했다. 혹자는 나를 가리켜 일러 기분으로 산다고 하는 말도 많이 들었다. 그 말은 돌이켜 보면 과소평가하기 위한 말로 결론짓는 것이 옳다.

인생은 기분으로 살면 패가망신하고 추잡한 사람으로 낙인 찍히고 급기야는 설 땅이 없게 될 것이기에 혹평한 것으로 결론지었다.

내가 진실하다 해서 주변에도 진실한 사람이라 보여지는 이는 많지 않을 것이라 본다.

그런데 매양 하는 말이지만 즉흥적으로 산다는 말은 아마도 일리가 있는 것으로 본다. 왜? 무슨 일에 임할 때 준비하는 예가 없다. 그러나 막힘이 없다. 일사천리행으로. 그리고 일을 벌인 이상에는 마음이 어떠한 환경에 처하든 관계없이 적극적으로 살다보면 그 곳에 길이 있다. 그것이 중요한 것이라 본다.

누가 길을 만들어주고 이리로 가라 하는 예 지극히 드물고 또 복이 많다고 할까. 그런 길은 가는 길이 편할지 몰라도 답답하고 소통하는 데는 무리가 있을 것으로 본다.

좋은 환경? 말이 좋은 환경이지. 그렇게 살아온 이를 보면 제 밖에는 남 배려하는 경향이 드물다. 세상은 독선적으로 사는데서 부작용이 발생하고 따라서 주변 인물들의 희생을 동반하는 예가 많고 그래도 모르는 결에 넘어가도 주변에 대한 송구함이나 도리를 행하는 데에 미흡한 정도로 끝나면 이해가 되겠으나 그 사람의 이미지가 앞날을 결정한다. 뿌린대로 거두는 것이 상례 아닌가. 살아가는 데는 자기 자신을 위해서 이미지 쇄신이 중요한 몫을 한다.

그 날이 그 날이라 그 사람은. 할 때 좋은 듯 하지만 답답하게 주위를 끌어가는 일도 왕왕 보아 왔다. 참는 것도 좋은 사람도 자기 유지해 가는데 필요한 요소로서 본다면 과감하게 솔직하게 자기 처신을 절도 있고 분명하게 한다는 것은 주변을 정화시키고 깨우쳐 주고 오염된 삶의 질을 향상시키는 청량제가 되기도 한다.

그렇다면 독선자란 자기 발전에 현실적 안정을 위해 지극한 마음으로 독주한다면 성공을 하는 만큼에 부작용도 나을 것이라 본다.

자기 집착에 사로잡혀 어느정도 주변에 독소를 풍기는가에는 생각할 여유가 없다. 세상살이는 금력으로만 살 수 없고 권력으로만 살 수 없다. 권불십년이라는 말도 있듯이 금력으로 해서 세상이 얼마나 시끄러운 일이 있었나 볼 때 그렇다.

그 금력, 권력으로 도취되어 자기 판단이 어렵고 그로 인한 자기불능에 빠지고 나아가서는 인간이 멀어진다.

세상사는 진정한 재미가 잘사는데 있다고 볼 때 어디에 초점을 맞추느냐가 중요할 것이다. 인간 잃고 금력 조금 가진 것이 최고의 초강력이라 판단한다면 다시 태어날 생각하고 바꿔야 할 것이다.

인간관계가 정립이 잘 되어야 살아가기가 윤택해질 것이다.

여기엔 대의명분이 잘 유지되어야 기본이 되어 그 바탕 위에서 조화가 이루어진다고 여겨진다.

좀 더 대승적으로 긴 안목을 갖고 고달픔이 따르더라도 배려와 봉사를 곁들여서 살아간다면 보다 평화롭고 아름다운 세상이 건설되리라고 생각한다. 늘 강조하지만 因이 果를 낳고 果는 미래를 만들고 그 미래가 因이 되어 순환전개됨이 세상인걸. 생각한다면 생각생각이 진지하고 바쁘게 마음이 돌아간다.

마음에 걸리는 일은 되도록 말아야 할 일이고 마음에서 쾌히 이것이다 하면 할 일이다. 몇 십년 전에 걸리는 행을 해놓고 뇌리에서 사라지지 않아 팔십이 넘어 죽을 죄를 지었다고 사죄를 하는 것을 보아도 그렇고 그건 사죄라도 했으니 참회한 뜻이라도 남는다. 사죄의 뜻이 추호도 없는 이는 더욱 가련하다.

자기를 보는 안목이 갖추어지지 못한 데에 수치심마저 못 느낀다면 세세생생 제대로 된 안목이 생길리 없다. 왜냐할 때 현세에는 佛法을 만나 그 行을 실천으로 목적을 삼아 살아감에 자기 성찰이 없는 생으로 마감한다면 그보다 더 안타까운 일이 없을 것이다.

허심탄회 앞만 보고 좀 더 꾸밈없이 진지하게 살고파 열정적 생을 꾸려감에 그래도 그 마음 한가운데 바람이라는 것이 고개를 들고 나를 과거로 밀어 보내며 그 분위기를 상기시킨다. 그런데 안타까울 뿐이다.

진정 잘난 사람은 잘난 줄 모르고 산다. 모든 이로 하여금 평화로움을 맛보게하며 말이 없다. 자기 잘난 데에 도취되어 썩어가는 줄도 모르고 등 돌리는 줄도 모르고 편한 마음으로 유지해가는 분위기가 안타깝다.

칼로 잘라 놓은 듯 분위기가 두 쪽이라도 자기가 만든 결과임을 인정하고 너그러이 화합하고 속없이 편견없이 보아주는 그 큰 뜻이 평정을 유지하게 되는 힘이다.

상대가 칼로 자르니 나도 잘라내야지 했다면 먼저 칼질한 사람은 벼랑에 섰을 것이로되 용서하는 이의 큰 물에 합류돼 그냥 그 평화를 누리며 사는 힘은 주위에 감사하는 마음으로 공덕을 돌려야 할 부분이다.

허물이 있는데 용서를 하는 것, 그보다 더 큰 배려는 없을 것이다. 그런데도 정신자세나 생활에 임하는 자세가 개선의 여지가 없다고 할 때 참으로 연민을 느끼게 한다.

상대를 일컬어 모자라고 자기만 현명한 듯 상대를 가르쳐 논평을 하고 폄하하는 말을 토해내는 태도는 자기 인격을 그대로 보여주는 것임을 전혀 알지 못한다.

그러한 이치를 생각하는 이는 애당초 하지 않는 것이다. 도끼와

도끼자루를 놓았을 때 무거운 데부터 땅에 떨어지듯 善惡을 무게가 나가는 쪽으로 자기 생이 열릴 것이라 생각하면 언제 어디서나 대의 정신을 갖고 사심에 끌리지 말아야 하고 공히 편하게 살아갈 수 있는가를 늘 염두에서 잊지 말아야 할 부분이다.

불교라는 사찰이라는 테두리가 삼가고 가는 길이지 욕심을 채우고 명예를 쟁탈하는 곳이 아니라고 할 때는 더욱 깊이 생각해야 할 일이다.

편파적인 사고방식으로 자기를 더럽히고 옭아매는 줄을 모르고 강자와 약자라는 이름을 머릿속으로 굴리면서 이겨내야지. 저들은 이러니 나는 반대로 이래야지 하고 자기의 두각을 나타내려 하는 행위는 불교를 모르는 이도 그렇게는 하지 않는다.

세상만인 앞에서 모범을 보여야할 입장인데 조용히 앉아 자기성찰하려는 마음은 꿈에도 없다. 모든 이를 찡그리게 하는 태도라니. 잘난 사람은 더 겸허한 자세로 많은 이를 편하게 해준다.

밥을 먹는데 일반적 밥은 자기가 노력해서 만든 밥이니 생각나는 대로 행동하고 자기 욕심껏 사는 것이 정당하다고 할 수 있을 만큼 이유가 있지만 이름을 가진 생활인이라고 할 때는 먹기는 내가 먹는 밥이로되 내 밥은 아니다.

뜻있는 밥일진대 과연 지금 내가 가고 있는 길이 잘 가고 있는가에 마음을 멈추고 한참 생각해 봐야 옳을 일이라 본다. 세속적인 안목을 조금이라도 벗어 버리려는 몸부림은 있어야 할 일이기에 그렇다. 탈을 쓰고 앉았는데 탈을 쓰지 않은 일반인이라고 보여지진 않아야 할 것이 아닌가 애석하다.

스스로가 바꾸려는 자각증세를 갖고 각고의 세월이 쌓이고 쌓일 때 비로소 파안대소할 수 있을 것이다.

이왕 내디딘 길이고 어차피 가야할 길이라면 가는 듯 싶게 모범은 아니더라도 뒤처지거나 얘깃거리는 만들지 말아야 할 일 아닌가.

땅파고 씨뿌려 가꿔서 만든 재물도 아니거니와 특정인이 주인 노릇을 부득이 해야할 일이기에.

성스럽고 장엄한 도량이 되어야 할 것이고 재물로 인한 권력에 이권집착도 버려야 할 일이겠고 아집은 더더욱 필요로 말아야. 내가 새 기운을 발휘해 갈 때. 도량이 교화처가 될 것이고 세상이 바뀌는 것은 사필귀정이라 할 것이다.

2007. 5. 8

종교와 종교인

앞서 참신한 인간이 요구된다.

거짓없는 가식 없는 생!

외현적 표방은 그렇듯, 내적으로 이기적 권위적 행위, 주위에 희생은 자기의 달콤한 의식으로 삼는 비인륜적 배타적 부도덕적 행위, 이것은 과감히 척결해야 할 시급한 문제이고 갖추어져야 할 자세이며 과제이다.

밖으로는 번듯하고 그럴싸한 말은 말뿐으로 그치는 게 아닌 실천이 따르는 생활, 내실이 내실다운 참신한 대의정신을 저버리지 않는 근본이념이 갖추어진 정신자세 그런 현실적인 말로써 그 말을 듣는 이야말로 대의정신을 잘 계승해 갈 수 있는 분위기를 조성해 나가는 이야 말로 참 종교인의 자세라 본다.

철벽을 치고 친소를 맺어서 이익만을 도모하고 대의명분을 알지 못한 채 본분과 거리가 먼 길을 가고 있다. 그런가 하면 주변에 잘 나가는 이를 곱게 봐주지 못하는 시선을 보내고 주위를 불편케 하며 잘못된 사고로 일과가 점철돼 있다.

사람마다에 나름대로 분명한 일이 있고 갈 길이 있다. 자기가 도

모하는 일에 합류해 주지 않으면 역적이고 그렇지 않으면 헐뜯어내리는 비열하고 추잡하며 지탄받을 행위를 거침없이 한다.

상대는 오히려 공적인 정신으로 생활하는 자세가 누가 보아도 그만하기가 쉬운 것이 아니라고 하는 이도 옳지 못한 편견에서 그 사람을 옭아매는 말로 주위의 눈살을 찌푸리게 하는 경향이 농후하다.

일반인이 아닌 종교인으로서 모름지기 남을 물어뜯는 행위, 흠집내는 행위는 반드시 척결되어야 할 것이다.

그 사람의 행위가 사람의 판단을 흐리게 하는 세상을 오염시키는 행위다. 어떤 특권의식을 갖고 그렇게 한다면 그것은 더욱 지탄받아 마땅할 일이다. 일반인은 종교인이라 하면 차원이 다르게 믿음 갖고 자기의 애환을 걸어 털어놓고 정화시키려 종교를 찾는다. 외현적으로는 종교인이라고 정신자세가 준비도 없이 대접을 받는다면 그것은 부끄러울 일이다.

명실이 같게 가식 없는 자세로 정화시켜 자기유지가 먼저 요구되어야 할 것이다. 친소를 갈라놓고 처신을 하면 그 행위가 원만치 못하고 친소를 가르는 데서 종교인의 자세가 일그러지기 시작하는 것이다. 좀 더 원대한 정신자세로 일체인을 대하면 주변이 평화롭고 편협한 마음으로 일체인을 대할 때에 갖은 갈등이 생기는 것이다. 갈등은 고통으로 자기 생애에 도움은커녕 자기 생애가 좁아지고 고독해지고 절망적 세상을 접하게 될 것이다.

종교인은 자기 하나만 생각하는 것이 아니라, 종교라는 으뜸 가르침을 계승이행하는 뜻을 망각해서는 안될 일이다.

단적으로 말한다면 종교인의 탈을 벗고 차라리 일반인으로 돌아

가야 타당할 일이다. 그렇지 못할진대 사명감을 철저히 갖추고 환골탈태되어야 할 일이다. 만약 그렇지 못하면 종교인이라는 것이 빚으로 남고 종교인으로서 종교인을 욕되게 만드는 것이다. 사자신중충자식사자육(獅子身中蟲 自食獅子肉 : 범망경 구절)이라 함을 뼈에 사무치게 깨달아야 할 것이다. 성스러운 세계에서 좀 더 나은 생애를 걷고자 종교인이 됐다면 성현과 같은 길은 못가더라도 최소한의 자세를 갖추고자 하는 노력이 시급하다.

누가 구태여 자기 영역을 뛰어넘어 모든 것을 지적하지 않더라도 스스로가 깨어 있는 자세로 바른 판단과 양심적 가치있는 생을 꾸려가려는 자세가 절실히 요구된다.

생은 마음대로 칠팔십을 연장시킬 수 없는 것이 안타까울 수 있겠으나 굳이 칠팔십이 중요하겠는가 일각이라도 가치있고 보람있는 생애가 그보다 더 중요하며 그래서 마지막 생을 장식함에 있어 종교인으로 내놓을 수 있도록 되어야 할 것이다. 이 이치를 깨달았을 때에 자세를 시급히 가다듬어 짧은 생애를 기름지게 후한없는 생애로 꾸려갈 수 있게 된다면 그 세상이 정화된 세상이 될 것이다.

그래서 모든 이의 힘이 될 것이다.

자비도량

일단 발심한 동기는 각각 다르다.

자비도량 수도도량의 가는 길은 하나다. 자성을 깨달아 깨달은 지혜에 자비정신을 함양해야 깨달은 목표가 명실공히 자비라 할 것이다.

자비란 大圓鏡上에 絶親疎라 크고 둥근 거울에는 친하다 친하지 않다 하는 친소의 정이 끊어진 자리다.

그것이 곧 자비정신이다.

자, 그러면 그 거울에 모든 이가 나타난다.

나타나는 대로 거부반응도 없고 차별도 끊어진 자리인 것을 알 수가 있다. 부처님 정신이 자비정신이다.

잘났다고 비춰주고 반대로 못났다고 거부하고, 젊고 예쁘다고 비춰주고 반대로 늙고 밉다고 안 비춰주는 반응이 끊어진 자리이다.

나아가서는 건강하다고 권력가라고 비춰주고 불구라고 권력없다고 안 비춰 주는 그런 모든 거부반응하는 차별이 끊어진 자리가 자비심이다.

평등치 못한 원만치 못한 그런 마음이 끊어진 것이 자비심이다.

친소의 마음을 떨구고 연민의 정으로 일체인을 대하는 자세 그것이 절실히 요구되는 대목이다. 할애사친(割愛辭親), 사랑을 끊고 어버이를 하직함은 법계 평등이라 온 세상이 다 같다.

만약 또다시 친소를 맺어 평등하지 못할진대 또다시 윤회에서 벗어나지 못한다.(해탈하지 못한다)한 것이다. 그뿐이랴 출가의 뜻을 이루겠다는 것인가.

대중에 살면서 항상 평등심을 가져라.

일대시경을 사실 다볼 필요가 없다.

마음자세 하나 바로잡아 나간다 하면 벌써 견성성불하는 기틀은 잡았다고 생각한다. 실은 이 도량이 어떤 도량인가, 내가 과연 이렇게 살아야 옳은 일일까에 시시각각 각성해가는 도량이 우선돼야 신심도 잘 유지해 갈 수 있고 따라서 주변이 빛을 발휘할 수 있을 것이다. 입문 동기는 이미 필요 없다.

도량이 도량이니만큼 지도자가 말만 무성하게 방법만 제시해 놓고 보이지 않는 마음이라 해서 자기 마음의 추구하는바 요리를 다하면서 외현적으로는 근사한 설계를 하면서 대중이 용납 안 되는 성스러운 생활을 지도자 탈을 쓰고 개인의 깊은 마음속에 정해 놓은 친소를 향해 맺은대로 세속생활보다 더 굳어버린 아집과 세습적 관습을 행하며 갈등의 도가니로 화합은 간 데 없고 나아가서는 대중을 파괴하고 주변의 지탄을 부르는 생활이 전개되면서 세속에서 물려받은 제도가 그대로 이어지는 그래서 자비도량은 어디에도 없다. 분명한 것은 친소를 가른 세속적 분위기 뿐, 뼈를 깎는 일상이 자기도약으로 이어져야 되고 그래서 만인간이 갈 길을 헤매고 어둠을 헤치고 나가려 할 때 길잡이가 되도록 가기 수련의 기회를 잘 만들어가는 도량이 되도록 시시각각 잠시라도 昧해서는 안되겠기에 지도자의 한 걸음 한 걸음이 표본이 되어야 할 막중한 책임이 있다. 너는 너고 나는 나다. 이런 발상은 무책임한 행동이고 발상이다.

대중을 혼미하게 착각을 일으키게 하는 세속인지 출세간법을 수행하는 도량인지 분별을 잃게 해서는 막대한 책임을 면할 길이 없을 것이다. 하나를 잘 가르쳐 화합대중하게 하고 원륭대중으로 꾸려갈 때 자기 갈길을 어려움 없이 갈 것이다.

수행자는 수행자다워야 한다. 세인들과 다를 바 없이 용심취사를 그대로 하면서 외형만 그대로 갖추고 각자의 사명감이나 도리를 저버린 채 이권탐착이나 친소의 편견을 갖고 원만치 못한 처신을 하는데 대해서 수행인으로서 도의적 사회적으로 부끄러움을 가져야 할 것이고 따라서 개선해 나아가지 아니하면 불보살님의 대원력에 어긋나는 일이고 불보살님 대행으로 믿고 따르는 주변의 모든 이에게 빚으로 남을 것이다.

진리眞理

진리는 공정하고 평범하고 정의롭다.

일방적 損益도 없다. 있다면 時差만 있을 뿐이다.

반드시 상계되고 나머지는 넘치거나 모자란 부분까지도 터럭만큼
도 용납되지 않고 반드시 대가가 있음을 강조하는 바이다.

인생살이를 손익을 따져서 살면 피곤할 것이나 대개는 손익을 계
산하는 속으로 살아가는 것이 상례이다.

그러나 계산된 삶은 영리하고 빈틈이 없고 현실적으로 부합해 가
는데도 합리적일지 모르나, 마음에 여유를 갖고 남을 모방하는 것보
다는 자기 나름대로 가치관을 확립해 성실하게 자기를 점검해 가며
이만하면 최선에 행이 되었다 하는 데로 무게를 두고 점차로 지속적
으로 이어간다면 반드시 평화가 있을 것이고 자기 영혼이 안녕을 누
리며 육신도 건강하게 유지될 것이다.

자기가 우월감을 갖는다 생각하면 생각을 갖는 자체가 자기를 불
편케 만드는 요인이 될 것이다.

모자라면 채우려고 하는 그래서 노력하는 자세가 잘 살아가는 것
이고 그 노력하는 자세가 겸허하게 만드는 因子가 될 것이며 겸허하

게 될 때에 비로소 상대방을 높여주는 태도가 자연스레 발생하게 되는 것이다.

인위적 겸손함은 상대로 하여금 혐오감을 줄 것이며 따라서 거리감이 생길 것이다. 남이 잘하는 것을 본받으려고 할 때는 늘 마음을 간절하게 임하라, 성실하게 임하라 그곳에서 나오는 마음이 보이게 될 것이다. 그 때 그 마음이 시키는 대로 오직 안으로 마음을 돌려라. 필요 이상의 주위의 환경에 끌리면 피곤해진다. 인생은 나로부터 시작된다. 세상은 내가 주인공이다. 내가 객체가 돼서는 또 중심이 없이는 실상을 모르고 살게 될 것이다. 많이 아는게 힘이 아니다. 하나를 알면 그것을 실천하라. 거기에 진리가 있다.

허상에 끌려 뭐가 잘이고 잘못이고 분별을 잃게 되는 것. 안으로 마음을 돌려 자기 반조에 게으르지 마라. 그것이 힘이 되는 것이다. 자기 반조 없이 밖으로 눈을 돌려 남의 시비나 가리고 없는 일 꾸며 세간을 시끄럽게 만들고 謀略중상이나 일삼고 하는 행태는 금수만도 못한 짓이다.

인간이 인간 탈을 쓰면 값을 해야 인간이다. 밥을 분명히 먹는데 죽값도 못하면 안될 일이다.

우열을 판가름해 놓고 상대가 우위다 생각하면 필요 이상의 아부와 아첨을 하는 것은 그 밥이 아깝고 상대가 열위다 판단되면 온갖 수단 방법을 동원하여 기어이 포섭한답시고 이용, 손아귀에 넣고 마음대로 갖고 장난치고 조롱하고 할 이용 다하면 깨진 그릇 버리듯 온갖 중상하는 것을 거침없이 한다. 자기 인간으로서의 자세는 가다듬는데 마음은 아랑곳 없고 어쩌다 잠시 학문 익힌 것이 상대보다 우위라 여겨 그 알량한 학문이나 그 비리를 서슴지 않고 이룩한 경제가 대단한 양, 상대를 우습게 취급하는 등의 추잡한 말단 인간의 모습은 절대 진리에서 용인되지 않을 것이다. 나는 남이 모른다. 내가 말을 하지 않았으니 그렇다 생각한다면 세상을 헛산 것이다. 氣運이란 것은 말로 표현하지 않아도 상대가 그대로 느끼는 것이다. 아무리 학문이 없고 지혜가 없어 우매한 자라도 영(靈)적으로 기운을 느끼는 것이다.

진리라는 것은 사(邪)가 없다. 그 사람 형편과 실상을 모르더라도 가식으로 아무리 재주를 부리더라도 그대로 전달이 되는 것, 내가 편하게 살기를 원하면 편하게 사는 방법으로 가야 그것이 실현되는 것, 좋지 못한 습관을 놓아버리지 않고 물질적으로만 구족한 것이 편하게 살아가는 방법이라 생각했다면 끝까지 가보면 알게 될 것이다. 그러나 그때는 이미 생이 끝나는 종점에 와서 아차하게 된다면 이 어찌 고쳐지랴 남을 소홀히 생각 분별없는 처신은 패가망신하고도 깨우침은커녕 후회도 못한다. 체면불구하고 안면몰수하고 나 잘났다 하면 결과도 그에 따를 것이고 그래도 남 모르게 지은 것이 잘인가 잘못인가에 마음을 걸고 심사숙고해 나아가는 것만이 천재보가 될 것이 아닌가 육안을 속이려 마라. 심안이 있다. 내 양심을 고추시켜 자기 반조만이 그래서 개선의 미가 있을 때에 비로소 인간이라 할 것이다.

인간은 많다. 인간으로서의 인간을 얘기할 때 우주가 찬양할 수 있는 인간의 모습으로 가려 할 때의 간절함 그래서 모두가 합창을 해 줄 때의 자세가 요구될 뿐이다.

일일이 나열하기에는 추잡스런 일이기에 구체적으로 함축해 표현해 가는 것이다. 애당초 되지 않는 자세가 일이삼 가르치듯 지적해 가르쳐도 안되는 것 어쩌랴.

허와 실을 분별 못한 채 거기에 불교를 걸쳐 많은 법어를 듣고 개선에 미가 없다면 그것은 어쩌지 못할 일이다. 전생의 습관이 그대로 이어져 그러한 심상을 받았다면 내생 역시 그렇게 이어질 게 뻔하다. 부처님께서 삼생사를 한 눈에 볼 수 있게 설해 놓으신 게 아닌가. 욕지전생사 금생수자시 욕지내생사 금생작자시(欲知前生事 今生受者是 欲知來生事 今生作者是 전생 일을 알고자 하느냐? 금생에 받는 그것이다. 내생 일을 알고자 하느냐? 금생에 하는 그것이다. - 법화경)라 함이 이것이다.

의식관

의식이란 없어서는 안될 필요한 것이다.

의식에 들어감에 淨 법계진언 옴남을 먼저한다.

법계란 현상계, 눈으로 보이는 모든 세계를, 그리고 정신 세계를 말함이나 꿰뚫고 말한다면 내 영혼의 세계까지를 모두 법계라 하겠다. 현상계와 영혼이 정화되기를 발원하는 주문이다. 우선 "옴남"을 하게 되면 시끄럽고 복잡한 현실과 할 일도 많고 여의롭게 돌아가지 못하는데 겪는 불안요소를 접해 나감에 마음에 평정을 유지하고자 "옴남"으로 기도하는 자세를 가다듬는 지극히 기본적인 첫 관문으로 들게 되면 여기에서 복잡한 현실을 타개해 갈 수 있는 힘을 얻게 된다.

마음에 평정을 유지하고 귀의 삼보해야 곧, 신심이 마음으로 관통이 되면서 참의식이 전개되는 것이라 하겠다. 도량이 청정해야 삼보천룡이 강림한다는 것도 그렇고 마음에 자세가 되어 있을 때 참내 마음에 자세를 맛보게 되듯이 사념이 마음을 사로잡았는데 참기도가 될 수 없다. 자기 마음에 사념을 떨구는 힘을 갖지 못하면 부처님과의 관통을 접할 수 없을 것이라 하겠다.

입으로는 염송을 하는데 눈으로는 좌우전후 보이는 것에 끌려 마음의 소재는 어디에도 머물지 않고 바쁘다고 한다면 기도의 힘이 발휘되지 못할 일이다. 흩어진 마음을 갈무리할 자세를 먼저 하고 기도의 뜻을 좇아야 할 일이다. 갈무리 하는 뜻으로 "옴남"을 하게 되면 기도는 제대로 되었다고 본다. 자기 자신에 정화가 목적이니 그렇다. 예컨대 현상계 정화를 들어본다면 내 운명이 좋지 못한 일이 내 앞에 곧 닥칠 일이라 현실로 나타날 일이라도 오직 진정한 마음으로 "옴남"을 하게 되면 재앙이 70프로 다가왔다가 30프로 남기고 그 재앙이 중도하차하여 소멸되는 이치를 말함이라 이것은 가설적으로 얘기하지만 진정 그렇게 된다는 것도 확신하는 바이다. 모든 일이 다 그럴 수는 없을지라도 대개는 그렇게 판단한다. 지극한 마음이 곧 도이다.

지극함에는 사가 없기로 그렇고 지극함에는 부처님이 감동을 하시며 사마외도를 물리쳐 주신다.

그뿐이랴, 우주의 신은 말하자면 천지신명과 상세에 선망 부모까지도 내가 하는 행위를 말이 없이 틀림없이 점검하면서 상을 줄 일에는 상을, 벌을 해야 할 일에는 벌을 가차없이 그렇게 인증을 하고 있음을 알 수가 있다. 하필 우주의 신만 그렇겠냐마는 인간도 마찬가지다. 그 사람 사람마다의 기운이 그를 말해준다.

인간이 미워하면 신도 미워하고 신이 미워하면 갈 곳이 없다. 치욕적인 삶으로 벗어나기 힘든 것이라 하겠다. 인지애락은 귀신도 애락이라 함이 이것이라 구태여 백을 천을 가르치지 아니해도 이치는 그렇다.

인간에게도 가령 부모님께 좋은 음식을 드리면 더 이상 좋을 것이 있겠냐마는 좋은 음식이 아니면 되는대로의 진심으로 임하는 자세 그것이 중요한 것이라고 생각할 때 형식상에 치레는 수고로움만 될 뿐 그보다 진정한 마음 그런 마음이 형성될 때 평정심을 유지하게 되는 것이 진정한 의식으로 가는 태도다. 염송을 하는 데는 송문관의 하는 마음으로 그 흐름을 사로잡고 삼매의 분위기를 잘 유지하게 되면 몇 시간을 기도를 해도 시간 감각을 그야말로 내가 모든 것을 초월한 자세가 되는 것이다. 그 마음을 좀 더 지속적으로 유지하기 위한 노력, 그래서 내가 발원하는 모든 이의 염원이 현실화되고 좀 더 발전된 분위기를 느낄 수 있도록 전념한다. 구태여 일체의식을 다 알고 잘한다 하는 것이 중요한 게 아니다. 자세를 가다 듬으려는 것이 핵심이 되는 것이라고 볼 때 그냥 안다고 기도한다고 하는 형식상에 두각을 나타내려 함은 흔히 볼 수 있는 일이고 기도는 형식이 아닌 내면의 공이 참으로 우주가 감동할 때 어디에도 미물곤충까지도 감동한다는 뜻으로 명실상부한 기도가 될 것이라 의식은 물론 형식상으로 거행되는 것이나 내면에 자세를 간절히 임하는 것이 참의식이라 하겠다.

바보나

내 의지가 분명한데 어처구니 없는 상황에 합류하다 가는 전락하는 자신을 염려해 관망자세로 일관하다 보니 인욕보살이 된 내가 지난 삼십여 성상에 스스로의 삶에 대견스러움도 과감함도 합창을 해 주는 내 인생에 다소 안도하며 마음을 허공에 바치고 속없이 살려는 생각밖에는 남는 것이 없다.

계산 없는 삶, 무계획이 계획이고 법이 없는 무법이 법으로 살아온 삶 그래서 허심탄회한 삶을 영위했던 나 진정 바보였다.

바보인 내가 시비를 단절시킨 이유다. 그래서인지 잠을 잘 잔다. 살아갈 길이 태산 같은데 앞은 없는데 근심도 없다.

그냥 그렇게 오늘에 최선의 삶에 심취해 목말라 하지 않고 살아온 내가 바보였다.

현명하게 챙기고 따지고 해가며 살아가는데 나는 그것을 애당초부터 안했다. 무계획이 계획으로 멍청히 살아간다. 그래서 자리에 누우면 곧 잠을 잔다. 그런데 하나는 있다. 오늘을 점검함에 있어 최선인가 마음 쓰지 않은 하루인가에는 마음을 두고 평정을 유지하는 데에는 역점을 두고 산 세월임에는 분명하다. 거짓이 없다.

남을 배려하라.

전화위복의 복을 누리게 될 것이다. 그래서 삶이 수월해진다.

작은 것을 배려하나 열매가 큰 작용을 한다. 그 뜻의 수승함에 덕이 큰 것 물질에만 집착함을 버려라.

밝게 현실 유지하기를 종용한다. 자기 집착이 강할수록 자기 눈을 가리워 보이지 않는다.

남을 배려하는 것은 촌보(寸步)도 여의지 아니하고 자기에게 돌아온다. 베푸는 것이 자기 것이다.

결국 내 몸도 명예도 다 버리게 되는 것이다. 오직 업만 있어 내 영혼을 따라간다.

결단

    이상행동 감지 즉시 소탕발언으로 분위기를 진작시킴이 중요하다. 과감히 일상의 기준이 확립되어 있지 않기로 불안해 한다.

    경제 운영 잘하는 것이 최고의 주관 확립인 걸로만 자신을 과신하는 예, 그보다 앞서 정신자세를 관조하는 힘이 부족한 것이 문제다. 그래서 상대를 제압한다는 쾌감으로 일체인이 제 아래다.

    그러한 부정적 인식이 자기패망으로 이어진다. 내가 상대를 본다거나 듣는다거나 할 때 무조건 비판하지 않고 끝까지 풀어서 이해해가는 자세 거기에는 시비가 자연 없다. 자신이 평화를 유지하는 방법이다. 또 하나는 나는 부족하다라는 의식에서 채워가는 자세 그것은 자기를 겸양지덕으로 일상이 펴진다.

    내가 먼저 남에게 시비대상이 되지 않도록 처신해야 조용히 살아갈 수 있다.

    기대를 가지지 않고 살면 자연 이득이 돌아오고 기쁨이 곱이 되더라. 모르는 자세로 놓아버리는 자세로 일체 대응하려는 마음을 갖지 마라. 다 놔라. 바람소리로 들어라.

    자연히 정화시키는 자세다. 마음에 번거로움이 걸러진다. 고요할 수 밖에 말이나 그 사람 행적에 일일이 마음을 두지 마라. 이 마음이 쌓이면 정화가 자연스럽다.

마음에 모든 것을 주마간산의 태도로 임하되 자기하는 처세에는 진지하게 임하라.

세 끼 먹고 살다 가는 것이 평등한 이치인데 탐착 사슬에 걸려 모든 악을 지나니 하심하면 걱정도 따라 버리는 것, 무애자재 할 것인데 우매에 도취된 채 세상 탐착을 놓지 않으면 빠져나가기 어렵다.

지어 놓은 것이 발목을 잡는다.

친소를 떠나 살면 자신이 자비롭다. 인연에 얽매여 인연법을 망각하지 마라. 자신이 친소를 가르는 데서 적이 되고 갚음을 감당키 힘들게 된다.

기회를 만나 때를 놓치지 마라. 조용히 자기 마음에 부족함이 없이 혼신을 바쳐 최선의 노력을 발휘하라.

밝게 살아가는 것이 세상사는 자세다. 한 치도 소홀함이 없도록 깨어 있는 정신으로 임하는 자세만이 나의 도리라 여겨진다.

나

    우주내 만물의 일원으로 상대적 이해 관계를 떠나서 내 삶에 상극이냐 상생이냐의 모든 일거일동이 상극상생의 작용에 반응이 그대로 자연적으로 因이 되는 것이다.

    果가 그대로 나타나 현실상으로 보이는 것이고 중요한 것은 氣運인데 기가 좋은 기운인지 반대로 좋지 않은 기운인지 우주의 신이 모두 감지하고 있고 호리도 틀림이 없다.

    내 음성이 녹음이 되고 내 작용이 활동이 촬영이 돼 因子가 되어 우주속에 열려 보인다.

    인간은 눈으로 보이는 것만 인정을 하고 표현되지 않은 것은 상대적으로 본사람이 없는 故로 인정하려고 또는 부인해도 양심에 걸림이 없이 사는 것이 그저 모른다고 생각하는 예가 많다. 그러나 그 가운데 양심적 도의적 심사숙고해 가며 사는 이는 흔히 자기 성찰에 조금도 용서받지 못할 짓은 용서해선 안된다는 철칙으로 준엄한 자기판단을 해가며 살아가는 이도 적지 않다. 판단있는 삶이라야 떳떳하고 떳떳함에 부응하는 삶이 잘사는 것. 삶이 떳떳해야 주위에 위안이 되고 모든 것이 나의 의식주로 돌아온다.

형식상에 특별한 행동을 구태여 하려고 한다면 그것은 오히려 피곤한 삶으로 전락되고 마는 것이다.

일각이라도 진지하게 생각하고 현실에 사실에 입각한 처신 사실대로 옮겨가는 것이야말로 그것만이 나의 것이다.

어린애들 생각과 같은 밖으로 보이고자 한다면 참으로 부끄러운 일이다.

나

실로 사념없이 대승적 차원에서 살아가는 大人틈에서 일찍이 그 숨소리를 듣고 살아온 기운을 잘 保藏해 키워가는 것이 나의 사명이요 본분이며 철칙이다.

오늘의 삶에 최선을 다하면 내일은 근심하지 아니 해도 자연히 열린다.

그것은 금력으로 만들 수 없는 위대한 힘으로 보장이 될 것임을 믿고 쌓아간다. 오직 그것만이 나의 길이다.

물질적 소득에 끌려서나 주위 여론의 소용돌이 속에 불필요하게 휘말리는 것은 시간만 낭비할 뿐 실로 자기의 몫이 될 수 없다. 허세에 끌려 자칫 어리석음을 범하게 되면 그 사슬 또한 끊을 힘을 잃게 되며 치욕적 삶을 감당키 어려울 것이다.

내 영혼이 편히 유지될 수 있도록 함부로 결탁하지 마라. 덕은 재앙을 물리치기도 하지만 무적이리도 해. 사람이 끓는다. 자기가 대우를 받아야지 계획해 처신한다고 덕이 되는 것은 아니다. 그건 온당치 못한 처신이다.

자연스레 흐름이 그렇게 수월케 돌아가는 것이 덕이라고 본다.

중요한 것은 주위와 합창을 유지하면서 힘을 떼어 배려할 수 있는 것이다.

덕은 일체 재앙은 소멸시킨다. 결정적 단계까지 와서 소멸되는 (재앙이) 예가 많다. 그것은 선령께서 지어 놓은 덕이 있기로 전화위복의 계기로 새 기운을 맞는 것이다.

성실히 임해라. 그 곳에서 열린다. 진지하게 임하라. 일각을 소홀히 마라. 부족한 생각을 떨구고 과감히 성실히 임하라. 그것만이 나의 몫이다.

존귀한 자신 유지하는 길

나를 잘 保藏하는 길은 소리없이 조용히 심사숙고한다. 잘못 생각으로 스스로가 떠들고 고개 들고 세상을 시끄럽게 하는 처신은 자기 스스로를 존귀한 자신을 천하게 전락시키는 자세다. 함부로 세상을 시끄럽게 마라.

내 영혼을 던져 대중의 고락에 합류하는 자세, 그래서 현실에 적응하는 자세, 흐름에 이해하는 자세.

미약하나마 일조를 할 수 있다는 그렇게 배려해 가는 자세. 그것이야 말로 지극히 인간적 행위라 믿는다. 그 속에서 반듯하게 세상을 관찰해 갈 것이며 자칫 오판으로 주위에 좋지 못한 분위기가 형성됐다면 책임소재를 분명히 깨달아 대오각성 정화시키는 자세가 절실히 요구된다. 이 점에 소홀히 하지 마라.

생활화

· 因行을 바르게 미래는 여기에 씨가 되어 있다. 정념 정도로 갈 때 결과는 근심 안 해도 확실하다.

· 생활속에 말을 바르게 해야 한다. 말은 업에 씨가 되므로 선업이면 좋겠으나 악업일 때는 뉘우쳐도 이미 씨는 뿌려진 고로 구제불능이다.

· 기분으로 억제할 능력없이 지어놓고(결과) 허물은 타인에게로 돌리는 어리석음을 범하지 마라.

· 찰나 찰나가 중요하다. 잘 유지하라, 영겁에 힘으로 작용한다. 죄스러운 마음을 되도록 갚고 가라. 마음이 가볍다. 숨겨두면 내 영혼이 불편하다.

· 당장은 힘들겠지만 좀 더 현명하게 살아라. 집착을 떠나 도리를 행하라.

· 극에 달해 잘못을 지적하되 삶에 용기를 잃게 해서는 안될 것이다.

· 최후의 자존심만은 지켜주는 것이 자비정신이다.

· 업을 이기는 길은 덕을 쌓아야 한다. 무게가 곱이 될 때 업이 소멸될 것이다.

신조

나를 믿는 자에 대한 믿음으로 최소한도 실망은 용납 안 해.

잘 해야지의 뜻이 아닌 못해선 안 돼.

하나를 잘해야 마음 편해.

형식상의 둘이나 셋에는 뜻을 두지 않는다.

속이는 것 싫어 내 허물 자진 납부해.

그래서 편해. 제대로 알려져야 덜 알아주면 자존심 상하고 더 알아주면 부담스럽고 실상 그대로가 마음 편해.

남이 나와 다른 점을 허물로 보지 않는다.

습관이 다른 것으로 보면 정확하다.

사실에 입각한 말을 해야 말 따로 양심 따로는 용납 안 해.

명실공히 周知되어야 편해.

천이천언을 만이만설을 해도 내 주장은 끝내 펴낸다.

나는 자유를 구가하는 자로서 상대를 절대 내 뜻 안에 묶어두지 않는다.

상대의 날개를 건드리지 않는다. 그의 思考를 맘껏 응원한다. 난 상대를 나와 같은 존재로 늘 소중하게 대우한다.

나를 높이는 이치이기도 하지만 마음으로부터 높이는 자세가 내가 귀함으로 상대가 귀하다.

내가 존중하면 상대도 존중해 온다. 나를 던져 열정으로 임하라.

그 곳에 길이 있다.

나를 던지되 버려라

마음에 향기는 온 세상을 향기나게 살아가는 모습으로 세상이 평화롭고 고요하고 자유롭고 지속적으로 평온을 유지해 가는 힘.

미움도 괴로움도 모두 정화시키는 능력 대자연적 이치 아닌가? 아집을 구태여 버리려 하지 아니해도 초연해지는 자세 여기에 오염은 존재하지 않는다.

자기 집착이 상을 낳고 그 상이 사이를 낳는다. 사이란 불화를 의미 나를 던지되 버려라. 마음에 병이 없다.

병이 없으면 그 자체가 산소다. 독소가 없으니 요요자재하다.

최선에 삶을 이어감에 만족을, 그 만족을 마음껏 즐겨 누려라.

폭풍전야처럼 마음을 허망하게 하지 마라.

선봉장이 되어 자기 뜻을 펴라. 상대가 그냥 포기하게 된다.

자기불만과 욕구를 폭풍전야처럼 표출해가는 그 모습이 안타깝다. 전개되는 그 생이 그 사람의 因인을 말해준다. 탐착에 목말라 갈구의 몸짓을 버리기가 힘든가 보다. 탐착을 놓으면 갈구의 욕망도 따라 없게 되리라.

나를 보지 못하면서 남이 보인다? 그것은 아주 미천한 사고방식에서 자신을 그럴듯하게 대단히 좀 더 부각시켜 보려는 아집이며 상식으로 통할 수 없는 발상으로 그래서 세상을 격노케 한다.

마치 광인처럼. 광인은 상대도 광인으로 알기 때문에 광인이 아닌가. 집착을 버릴 때만이 자기를 볼 수 있다. 집착도 제일 무서운 아집, 그 아집을 쓰고 살아가니 정상으로 보여지지 않는 것이 당연하다.

그 영혼이 가련하다. 쉬어지질 못하니까 안식하여지이다.

정상

인생행로에서 남이 미처 생각 못 하는 노력은 시간을 곱으로 효과를 내며 그 효과에 괴로움을 즐기면서 시공을 초월한 자리에 즉한 고행. 삶에 자체가 고행. 그것은 좋은 열매를 맺는 최상의 밑거름이 된다. 내가 올라가 보지 못하면 남이 겪어 보지 못한 대견스러움, 놀라움의 행적이 아름다움으로 장식된 결과에 대한 희열을 그 누가 그 맛을 알겠는가. 삶에 지표를 향해 정열을 다해 살면서 혼돈의 세월 속에서 작심한 내길을 주도적으로 개척해 나아가는 데는 애석한 마음 그것은 나를 응원해 주고 격려해 주는 인연들을 한걸음에 뒤로 한 채 전혀 딴 세상으로의 걸음이 어찌 생각하면 신선한 행보였다. 물론 고통은 당연히 수반되리라 각오한 바이나 전개되는 세상 역시 내가 뜻한 바의 결과로 모든 것이 귀결되어 가고 있다.

마음 속에 향하는 바 그 길은 단조롭게 생각하고 가는 것이 역시 내 타입이다. 남의 살아가는 모양새에는 마음을 두지 않는 특성이 있다. 그것은 제일 먼저 판단이 서는대로 간다. 주위의 여론을 들리기는 하나 일부러 들으려 하지 않는다. 내 속에 일어나는 생각으로 가는 결정적 행보에는 그 누구도 나에 대한 책임을 물리지도 않거니와 나에게 어떤 영향을 줬다 하더라도 책임을 돌려 그 사람을 복잡한 심경 또는 양상으로 비화시키는 일도 내 세상에는 용납이 되지 않는다.

내 인생 꾸리기를 주변 인물 괴롭힐 일도 없고 주변 인물 때문에 괴롭힐 당할 일도 없다. 그도 역시 용납해선 안 될 일이기에 필요 이상의 중언부언도 해 보지 않았다. 그러기에 떳떳하고 당당하다.

내 관념대로 나에게 당한 인연에게는 순수한 내 기운을 토해내고 명랑하고 화해로운 분위기 그래서 평화로운 최상의 낙이 아닌가?

최상으로 가는 길을 알았으며 그 뜻을 견지해 일사천리행으로 망각해서도 안 되고 게을리해서도 안 되고 그것만이 나를 제대로 유지해 가는 길이다. 혼탁한 속에서 탈피해 살아가는 것도 그래서 자기 가는 길은 그런 분위기를 결탁하여 만들어서는 안 되겠다는 깨달음이 없는 한 업보는 복잡한 양상으로 끊일 줄 모르고 이어나갈 것이 분명하다.

소작은 주인공의 몫이기에도 그렇다. 한 번 고리는 지속적으로 몰고 나갈 것이다. 자기가 끊고 풀어나갈 적에 조용히 또는 고요히 생을 유지하게 될 것이기에 강조하게 된다.

┌─────────┐
│ 인   지 │
│ 생   략 │
└─────────┘

우리 오빠는
북파공작원이다.

발 행 일 ｜ 2014년 4월 18일

저   자 ｜ 여여이영

발 행 처 ｜ 이화문화출판사

등록번호 ｜ 제 300-2012-230

주   소 ｜ 서울시 종로구 사직로 10길 17(내자동 인왕빌딩)

전   화 ｜ 02-738-9880(대표전화)

　　　　　 02-732-7091~3(구입문의)

F A X ｜ 02-720-5153

홈페이지 ｜ www.makebook.net

I S B N ｜ 979-11-5547-148-7

값 10,000원